It's Not About the Shark

人生总会有办法

［美］戴维·尼文（David Niven）__著　　陈蕾 佘卓桓__译

用逆向思维解决难题

湖南文艺出版社
HUNAN LITERATURE AND ART PUBLISHING HOUSE

博集天卷
CS·BOOKY

目　录
CONTENTS

问题还是机遇？ | 序　章

史蒂文·斯皮尔伯格正面临着永无止境的压力。

他挥霍完了电影制作的经费，而制片方的耐心也早已被耗费殆尽。

当每天的拍摄工作完成后，他会和团队筛选新拍的电影镜头，越看越觉得胃疼。有时，他们看完一整天的拍摄镜头却找不到一个可用的。作为电影的摄影师，比尔·巴特勒回忆道："坦白说，我们看得越多，焦虑感就越盛。我们遇到了难题。"

问题的症结并不难寻。扮演影片主角的明星太难合作。更为糟糕的是，片酬、奉承、优待等这些无往不利的糖衣炮弹都对该主角毫无作用。

日复一日，史蒂文·斯皮尔伯格坐在黑暗的放映室里，观看着一个个无用的镜头。这是他第一次为大型电影公司拍摄电影。他已听闻了制片方高层对他的质疑，他们担忧他力不从心，无法胜任导演工作。他也深知整部影片的预算已超支。以上种种令他不得不确信，这是他的第一部也是最后一部电影。

更为糟糕的是，斯皮尔伯格必须要面对一个现实，即在他导演的《大白鲨》（Jaws）影片中扮演主角的机械鲨鱼，这条他幻想着能同海洋怪物哥斯拉一样在观影者的梦境中阴魂不散的鲨鱼根本不会游泳、不会撕咬，甚至连踩水都不会。

这并不是努力与否的问题。这条鲨鱼——昵称为布鲁斯，用以纪念斯皮尔伯格的律师——是一头异常复杂的气动巨兽，连接在150英尺长的软管上，而软管的另一端连接着漂浮在驳船上的压缩机。操控它需要动用一个小型军队的人员——每个人需要操控不同的控制杆来控制它的鱼鳍、眼睛和嘴巴。它由行业里最具经验和才华的技师设计而成，他们曾在影片《海底两万里》（20000 Leagues Under the Sea）中创造出巨大的鱿鱼，并在其他影片中创造了一些骇人听闻的海洋生物。

然而，这条鲨鱼却是个失败品。起初工作人员在加州的淡水箱中对它进行测试，随后被转运到电影的拍摄地，位于马萨诸塞州的一个沿海小镇。当地海水独特的侵蚀性给拍摄团队上了无情的一课。由于操控设备短路，鲨鱼不再受操控杆的控制，随机地移动或停止。每天，鲨鱼装置的一些部位都需要修理、更换或焊接，因为它会时不时地罢工或在少数几天能正常拍摄的过程中受损。它的人造表皮也会因积水肿胀而出故障，致使原本恐怖的鲨鱼变成巨型海洋棉花糖。

其中一位电影制作人比尔·吉尔摩苦叹说："它一而再、再而三地出故障罢工。"在影片中扮演海洋学家的理查德·德莱弗斯仍清晰地记得每当自己走位完毕准备进入拍摄状态时，就能听见鲨鱼操控者们在对讲机中不间断的抱怨声："鲨鱼又罢工了……鲨鱼又罢工了。"

即使是鲨鱼处于最佳状态，它也动作缓慢、噪声巨大。《大白鲨》的摄影师迈克尔·查普曼打趣说："在它触碰到你之前，你能悠闲地游到岸边，烘干衣物并享用完一份三明治。"

耗费数百万美元、数月的时间，加上他们所能找到的最好的技术专家，所有的一切换来的只是一个极短暂的关于电影内容的片头、一条鲨鱼……然后就什么都没有了。

面对着手边故障不断的大白鲨，斯皮尔伯格面临着艰难的选择：投入仅剩的资源来修理鲨鱼——他几乎可以预见当自己耗尽所有的金钱和时间后，自己这部未完结的电影也将寿终正寝；要么就放弃这条失败的鲨鱼，重新设计一款能克服已有缺陷的模型——他几乎可以确定自己今后将无法继续执掌影片的拍摄；他还可以硬着头皮继续使用这条故障不断的鲨鱼，借助透明电线或其他可行的工具来帮助鲨鱼移动——结局是要不电影拍摄停工，要不自己被炒，要不就是制作出一部可笑的烂片。

这本书将谈论当我们遇到问题时该怎么办。研究显示，绝大部分时间里我们的所作所为会将自己困在问题中，并越陷越深。我们将焦点放在问题上。基于问题为我们设置的局限，我们否定了自己认为可行的方法。我们从不同角度来审视问题，却发现每一个能想到的方法最终换来的只是同样失败的结局。正如我们盯着太阳就无法看到太阳周围的天空，我们一旦紧盯着问题不放，就无法看到其他事物，更别说解决方法了。

史蒂文·斯皮尔伯格并没有紧盯着问题不放。

尽管在这部影片的脚本上，电影是由鲨鱼袭击一个游泳者的特写镜头开始，并且它的身影将贯穿全剧，但斯皮尔伯格却将这条机械鲨鱼的失败视为一次机遇，去重新审视自己所做的一切。他并未想方设法去胡乱修补故障频发的鲨鱼或乞求得到注定不可得的资金支持——相反，他将问题抛在脑后。

斯皮尔伯格解释说："我就想，'如果换作是希区柯克面对这种状况，他会怎么做？'于是我就想象这是一部希区柯克的电影而不是一部关于哥斯拉的影片，我突然灵光一闪，觉得我们可以抓住这个契机，试想当人在踩水时，无法看到自己的双足、无法看到腰腹以下的一切。隐藏在海洋下的究竟是什么？人们看不见的事物恰恰是最恐怖的。"

他从这个灵感中看见了解决方法。

鲨鱼的形象——它的身体一半在水面上一半在水下，在约翰·威廉斯那带有预兆性的配乐下（他将其描述为无力阻挡的魔音）——的确隐喻着无可匹敌的威胁。

鲨鱼并没有占据每个场景的中央，相反它直到第81分钟才露出自己的完整面目。斯皮尔伯格说："你看到的越少，你想到的就越多。因为这能让观众身临其境，发挥他们集体的想象，正是他们的想象帮助这部电影获得成功。"

理查德·德莱弗斯不无钦佩地表示："当时他必须立刻想出另一种拍摄方式，这个方式让鲨鱼充满隐喻象征的意味，使这部影片完成从普通到经典的跨越。"

观众和影评家对影片效果啧啧称奇。评论家弗兰克·里奇将斯皮尔伯格称为天赋极佳的导演，他高度赞扬并钦佩斯皮尔伯格的创意，表示："《大白鲨》影片中最令人感到惊悚的是那些我们看不见鲨鱼存在的画面。"观众使得《大白鲨》成为票房大卖的影片，并使得好莱坞在暑期大片市场上无往不利。影片的名声随着时间的流逝只增不减。美国电影学会提名其为有史以来非常伟大的电影之一，更成为少数被美国国会图书馆视为文化财富而永久珍藏的电影之一。

然而电影公司最初认为这只是一部隶属于小众市场的惊悚片——在那年夏天，电影公司隆重推出的是最终被淹没在电影历史长河中的影片《75空难》（*Airport 1975*）和《兴登堡遇难记》（*The Hindenburg*），《大白鲨》只不过是公司第二拨推出的后续影片。

这是一本关于各种问题的书，但更为重要的是，这是一本关于探究解决方法的书。你将发现，其中的奥秘很简单：如果我们首先关注的是问题，以此决定自己之后的每一个行为，那么我们就很有可能会失败。如果我们将问题放在一边并着手寻找解决方法，那么就可能打破一切限制，成功将其解决。事实上，解决问题本身就像一本书中的批注，拥有更为重要的作用。你要知道，没有人会问史蒂文·斯皮尔伯格他为什么不能设计出一条性能更好的鲨鱼。

一切似乎都显得那么简单易懂——然而关注解决方法是一个极其容易被人遗忘的法则，它往往与我们的生活智慧背道而驰。这是因为我们从小接受的教育、拥有的冲动本能，以及寻求帮助的方式都让我们相信每当自己面对一个难题时，我们应该花费时间、集中精力直面问题，我们应该要更加努力、更加深入、竭尽所能地与问题抗争。如果史蒂义·斯皮尔伯格如此行事，那么他的那条鲨鱼和那部电影会最终沉没海底。

通过阅读那些面对挑战的真人真事，你将发现无论在工作、家庭或人生中遇到何种问题，你都能顺利解决，只要你愿意去寻求解决方法而不是紧盯着问题不放。当你这么做时，你会发现问题不再显得那么狰狞。最终，就会像史蒂文·斯皮尔伯格指出的那样，"那条故障不断的鲨鱼是上天的恩赐"。

别让问题指挥
你的头脑

第一章

要是大黄蜂知道自己无法飞行，会怎样呢？

想必我们对于结果早已了然于心：它会瘫坐在地上，审视着自己发福的身躯而愁苦不已。它也只能永远地停留在陆地上，再也无法展翅飞翔。

然而这个故事还有另外一个结局。1934年，昆虫学家奥古斯特·马尼昂发现大黄蜂能无视这些物理定律，当然他也未曾杞人忧天地去与黄蜂们深入交流。而它们也一如既往地在天空中自由地飞舞。

问题在很多方面都影响着人们的思维——但是基本的等式非常简单。如果我们让问题来定义和指挥自己的行为，那么它将发号施令，约束我们的种种行为——我们不能做这个，我们不能做那个。久而久之，生活将充斥着消极负面的情绪，变得了无生趣。

无论问题对人的幸福起着多么至关重要的作用，它都不应成为我们思想生活的重心。

问题就如同一个个障碍物。推倒障碍后我们将蜕变成一名思想家、实干家，成为一个真正的人。试想各个领域通过艰苦卓绝的努力所造就的任何一点伟大的进步——杰出的发明、创新的想法、优秀的作品、经典的小说，革命性的治疗手段——这些伟绩的诞生源自一些人敢于推倒障碍。问题就是一个个障碍物。你必须掀翻它，否则它将绊倒你，令你裹足不前。

毫无疑问，适度的期望有其充足的理由。当本·柯蒂斯开启2003年英国公开赛的征途时，此前他还从未获得过任何一个专业高尔夫锦标赛的冠军奖杯。事实上，他尚未在任何一项赛事中打进过前25名。博彩公司的赔率制定者将他的赔率定在300赔1。噢，多么委婉含蓄地表达着他绝无可能赢得大满贯公开赛。尽管如此，高尔夫新秀柯蒂斯对于能踏足正赛的球场依旧显得欣喜不已，两周前他通过资格赛的厮杀艰难晋级正赛。

柯蒂斯对于自己的打高尔夫球的能力的认识与那些赔率制定者甚至有些英雄所见略同之感。他说自己参赛的目的在于积累经验、享受快乐。英国公开赛是高尔夫界最激烈也最有名的比赛之一，他希望自己在与世界顶尖球手的交锋中能不断提升、进步。

作为俄亥俄州一个小镇的骄傲，柯蒂斯在高尔夫世界最瞩目的舞台中央那格格不入的身影娱悦了无数球迷和评论员。然而当柯蒂斯在第72洞凭借一杆8英尺推杆入洞成为英国公开赛的冠军，捧起象征冠军的"红葡萄酒壶"（Claret Jug）奖杯时，他们的嬉笑评论戛然而止，取而代之的唯有深深的震惊。

他的胜利究竟有多么出人意料？90年来还未曾有任何一位高尔夫球手在首次跻身重大赛事时就一举夺魁。

短短一周时间，他的人生发生了翻天覆地的变化。一周前，他还是一位默默无闻、一无所成的高尔夫球手，然而现在本·柯蒂斯却与高尔夫界的冠军们并列，实现了他心中"美梦成真"的童话故事。他不得不在繁忙的日程表中挤出时间前往白宫，因为总统先生想要当面祝贺他的胜利。在诸多给予高尔夫大满贯得主的奖励中，他得到了该项运动的黄金门票——冠军的豁免权，他能在今后数年的职业生涯中挑选自己心仪的赛事出战。

冠军的豁免权到2011年失效。糟糕的是，距离柯蒂斯上一次赢得巡回赛冠军已经整整五年时间了，而他现在出席比赛只为能艰难地保住自己作为职业高尔夫球手的资格。

柯蒂斯极度渴望能继续征战巡回赛。但一次次失败后的绝望主导着他比赛的走势。

他表示："每当我走上赛场，我都对自己说：'我该怎样做才能避免一场灾难？'"

每打一洞球，他的所有注意力都放在如何去避免犯错上。柯蒂斯说："在场上，我竭尽所能去避免打出比标准杆多一杆、多两杆的球。这就是我比赛的全部。"

努力去避免犯错有着明显的"效果"：他犯了更多的错。

柯蒂斯说："我感觉自己的所思所想正不断地给自己施加更多的压力，这让我无能为力。"

更糟的是，他的错误如多米诺骨牌效应，从一洞球蔓延到下一洞球。他说："我脑海中会不断回放两洞球前的糟糕表现。我会想象着下一个球自己会推杆失败。即使我好不容易有机会打出一洞好球，我仍会不自主地思量自己可能犯错的方式。"

紧盯着问题不放使得本·柯蒂斯裹足不前——如果史蒂文·斯皮尔伯格一味地只关注那条故障不断的机械鲨鱼，那么他很有可能会陷入此种境地。幸运的是，柯蒂斯最终触底反弹意识到了症结所在。

2011赛季末段，由于柯蒂斯未能赢取，确切地说是未曾有机会去争夺任何一项赛事的冠军头衔，柯蒂斯在高尔夫巡回赛的参赛资格也变成有条件限制。事实上，他需要向高尔夫赛的赞助商申请外卡，使他能在2012年到任何一个地方进行比赛。

每周他都坐在电话机旁，期待听到赛事总监从50—100位申请者中选择，使他获得那仅有的八张赛事外卡中的一张。大部分的时间里，电话铃并没有响。

然而在那段时间里当他获得一次站上赛场的机会的时候，他自身发生了一些改变。突然，他感觉自己能毫无压力地轻装上阵。因为他已经没有排名需要去捍卫，可能打出的坏球也不再使他畏惧。他又开始纯粹地享受高尔夫比赛。

2012赛季四个月过后，仅仅在全年参加的第四个巡回赛上，柯蒂斯终结了自己2000多天的的冠军荒。他在得克萨斯公开赛的胜利使得他恢复了作为职业高尔夫球手的身份。更为重要的是，这场胜利唤回了他的自信，让他再次相信自己的能力。

柯蒂斯说："高尔夫就是这样，如果你纯粹地享受它，它就会出现并给你带来惊喜。"

你是一名高年级的工程系学生。班级将要举行一场突击测试。你需要设计一款产品。

你已摩拳擦掌准备大显身手一番。毋庸置疑，无论是何种任务，你都想要交出一份满意的答卷。

你摊平画纸，铅笔就在旁边准备就绪。

你被要求设计一款自行车的存放架，使得自行车能安放在轿车上。设计有诸多要求，但其中最重要的一点是这个存放架能便捷地安装在轿车上并将自行车安置固定。

设计前，研究人员将现有的一个安置在轿车车顶的存放架设计展示给你看。该设计在轿车顶部安装了许多金属管。自行车的轮胎被固定在金属管间。你被明确地告知，这个设计中使用者难以将金属管安装到轿车顶部。与此同时，几乎没有人能触摸到金属管的中央区域，除非他像姚明那样又高又壮。

你需要设计出尽可能多的符合要求的设计。你有一小时的时间，计时开始。

你思考自行车和轿车的外形和尺寸。你也考虑使用者的情况，他们需要将自行车举起并安顿好它们。

你可不想成为一名平庸的工程师。你也不想只设计出一款勉强合格的作品。你来到这所学校的目的就是成为最好的工程师。因此你拿起画笔开始创作。

你可以随意发挥，借助各种现有的材料、外形和方法来进行设计。于是你旋转画纸，企图通过不同的角度来获取灵感。你的画笔也随之在画纸上起舞翩飞。

但是有一个图像始终在你脑海中挥之不去。那就是在轿车顶部放置金属管这个有致命缺陷的设计方案。

你的第一份草图就是它的翻版。你的第二份设计也是如此。尽管你绞尽脑汁，但你的设计依旧和那款不合格的作品类似，好像自己的客户都是NBA的球员。

你不知道的是，当你在设计出一款款那个失败作品的不同翻版时，另一组工程师在隔壁房间也正在为自行车设计存放架。

唯一不同的是他们从未看过那件糟糕的作品。他们也从未被告知要避免将自行车放置在轿车顶部中央。他们仅仅被要求尽己所能创造出最佳的设计。

当研究人员收齐两组的作品，差别一目了然。事先看过糟糕设计的小组作品的总量和原创设计远远落后，他们的设计往往更容易将自行车放置到人们无法够到的地方。[①]

这并不是因为第二组的成员比第一组更具天赋，也并非是第二组的成员比第一组更了解自行车或自行车的存放架。

两组的差别仅仅是——第一组被要求解决一个自行车存放架设计过程中普遍存在的问题，他们失败了。而第二组被要求尽己所能创造出最佳的存放架设计，他们成功了。在设计过程中，他们解决了一个他们并没有意识到的潜在难题。

研究人员们更换挑战任务，在其他工程师中进行了重复实验，每次的结果都如出一辙。当被要求为盲人设计一款量杯时，绝大部分事先看过不合格设计作品的工程师都无法解决这个难题。在事先未看过任何设计样式的工程师中，有超过八成的人成功解决了这个问题，他们甚至都不知道自己需要克服怎样的难题。当被要求设计一款防溢杯时，事先看过设计缺陷的工程师无法顺利解决问题的概率是未看过的17倍。

这些都是极具天赋的工程师。他们都博学多才、技艺出众、积极进取。他们能否解决问题极大地取决于他们的所思所想。事先未看过有缺陷设计的工程师能充分释放自己的天赋，创造出优秀的设计。他们没有在问题上浪费精力，而是全力以赴去思考解决方法。而那些事先看到设计缺陷的工程师太急切地想要解决问题以至于他们无法清晰地思考。就像本·柯蒂斯紧盯着自己的问题不放时他就不会打高尔夫，那些工程师关注有问题的设计时就无法设计出优秀的作品。人们紧盯着问题不放，因为它们实在是太引人注目、太具有诱惑力了，他们满脑子都是问题，别无他想。

迈克尔观察发现："有些人不讨厌自己的工作，只是对其充满恐惧。这种情况很容易传染，然而他们却对此束手无策。"

迈克尔回忆道："或者，他们会说，'好吧，忍耐一下吧。你一天只需工作8小时，你能熬过去的。'但是如果你厌恶自己的工作，那么问题就不仅仅是你工作的8小时时间，它还将影响到剩余的16小时。"

就像那些试图解决自行车存放架问题的工程师，以及本·柯蒂斯对于自己打球时糟糕表现的恐惧一样，迈克尔的问题耗费了他全部的精力。

迈克尔说："因为当你厌恶一件事时，它将占满你的脑海。工作时，你时刻计算着离下班还有多长时间。但当你下班后，你又开始计算多久后需要再次投入工作。周日意味着明天你就又得开始工作。"

迈克尔知道有许多人和他同病相怜。他说："许多人工作时的表现很差，对吗？但他们曾试过在旁人面前表现糟糕吗？"

迈克尔要在社区大学教授五节代数课，这意味着他每次需要面对超过35名学生。每当他站在讲台前，他都得艰难地维持学生们的注意力。他对公式了然于心，能倒背如流。他甚至能在自己入睡时教授这些知识。然而不幸的是，他的学生们可没有这项技能，能在睡眠时学习代数知识。

迈克尔说："我并不是每天都会在课堂上看见睡觉的学生。他们往往会出现在每周一次的晚课上——两倍的课时——噢，很有可能一半的学生在课程要结束时都进入了梦乡。我可不认为他们做梦会梦到多项式。"

迈克尔在工作时缺乏激情并不仅仅是一种感觉，其他的例证不胜枚举。"我们在大学会有期末考试来检测学生的进步情况，当然就我的学生而言，考试是用来检验他们退步的情况。"迈克尔的班级在总共16个班级中一向稳定地排在第14、15或16名。学生们对他的教学的评价也颇有微词。有学生曾表示迈克尔的课堂可以成为一种审讯手段——任何一个犯罪嫌疑人被迫聆听完他的一堂课后，一定会对自己犯下的罪行供认不讳，免得再受他课堂的荼毒。

"最糟糕的是我在乎这一切，我渴望学生们能好好学习，我希望在自己的课堂上数学能焕发荣光而不是黯然陨落。"

因此迈克尔做了绝大多数人在相同情况下会做的事情——他尽己所能想做得更好。他阅读了他能找到的关于优秀教学方面的每一篇文章和每一本图书。他观看了关于教学技巧的视频，走进校园参加每一场关于教学的培训并参加全国各地的教学会议。

他说："当我完成所有我能找到的关于教学的课程学习后，我迫不及待地去实践所有的知识心得，随后又恢复原先的模式。我会加快课堂的节奏，然后再放缓。我会先让学生们根据自身情况完成作业，没有时间限制。随后又会让他们在规定时间内完成任务。我几乎将所有的重点难点都存储在光盘中并转交给他们，这样他们无须来到课堂上就能自主学习。之后我不发放任何的电子资料，迫使他们在课堂上做好笔记。"

迈克尔阅读过的一本书上声称学生们唯一在乎的是老师对他们的关心。于是他花费大量的时间加入学生们的聊天，期待能更全面地了解他们的想法。有名学生在期末的总结报告中写道："我感觉好像因为他不是一位好老师，所以他就假装想要成为我们的好朋友。"事实上，他就是这么做的。

迈克尔无奈地表示："我就像一只追逐着自己尾巴的狗。我所追求的是我永远无法得到的事物，无论我跑得有多快、有多努力。"

就在他一筹莫展、无计可施的时候，一次偶然与之前学生的对话令他幡然醒悟。那名学生小心翼翼地问道："当你本可以在其他领域成为佼佼者的时候，你为什么还要当一个糟糕的老师呢？"

迈克尔说："我竟无言以对。我曾经试图从许多不同的角度来审视自己教学的失败，然而我却从来没有从这个最根本、最简单的角度来思考问题。或许，我只是天生不适合从事老师这个职业。"

这个想法像雪球一样在他脑海里越滚越大。他一直想要成为一名急救员。噢，不，这太疯狂了，他默默地对自己说。可没过一会儿，他又觉得自己也许真的能够成为一名急救员。他将有机会成为罕见的拥有高等数学学位的急救员。很显然他有能力实现这一假设。

转眼他从事急救工作已经有五年了，每当进入救护车开始一天工作的时候，迈克尔仍然能感受到肾上腺素的欢呼声。他调侃说："当急救人员为伤者提供急救服务时，他们可不会在乎你幽默与否。事实上，对这项工作而言，枯燥是对人最大的安慰。"

"**我**永远忘不了我们这些学生被第一次要求站在校门前排队测量身高、体重时的感受。"泰斯接着回忆说，"我们老师站在一台老式称重仪旁，这种称重仪需要人为推动秤杆上的游码使得指针保持垂直状态。轮到我时，老师不停地推动游码。全班同学都看着游码朝着秤杆边缘推进直至老师最后停下记录我的体重。"

泰斯在那天发誓一定要拼命减肥，那么等到下次测量体重时，班上就没有人再会震惊地看着称重仪。

40多年后，泰斯依旧在与自己的体重做斗争。她尝试了各种各样的节食疗法，但随后又对自己所吃的一切食物念念不忘。就像迈克尔与自己糟糕的工作表现相斗争一样，泰斯终将意识到当人将问题视为生活的中心时，那么任何努力都是枉然。

泰斯说："'再努力一点'这句话我们从小听到大。每当我们遇到难题时，我们总认为自己应当再努力一点。"但是她越努力，结果就越糟糕。因为当她整天都关注着食物时，她遭受了双倍的损失——一方面，由于她试图避免每一份额外的热量摄入，所以每一分每一秒她都感觉苦不堪言；另一方面，她最终又会屈服于食物的诱惑并对此感到懊恼自责。

就好像她孩童时代的感受一样，泰斯在与体重的斗争中感到孤立无援。据她所知，她的家族里、同事或朋友中没有一个人试图减掉哪怕是几磅的体重，他们中也没有人一辈子总想要减肥。

当她在地方大学里看到一则在为一项有关饮食习惯的研究征募志愿者的广告时，泰斯并不认为自己能从中受益，找寻到自己的症结所在。然后她又觉得自己至少可以结识一些同病相怜的伙伴，他们能对自己经历的一切感同身受。

在项目介绍环节，泰斯意识到她参与的研究将调查过量摄入错误食物的人群。泰斯打趣说："他们完全可以将我作为个案进行研究。当我将这话说给邻座的女士时，她朝我点了点头，好似在说她和我拥有类似的想法。"

研究人员让泰斯和其他志愿者尝试不同的方式来避免进食他们钟爱的垃圾食品。有些人罗列了清单，上面满是自己应该避免摄入的食物，有些则制订一些计划来避免出席一些能得到垃圾食品的场合，还有些人则规定了自己进食的内容和时间。

几个月后，泰斯得知了研究的结果。结果表明无论人们是罗列清单、制订计划还是规定细则，他们都没有减少垃圾食品的摄入量，相反他们吃得更多了。

研究的结果虽讽刺，但其中的道理却很简单。研究中，人们整日都在思考自己需要避免摄入何种食物，直至所有的抵抗化为徒劳。就如同试着听从"请不要思考大象"这个指令，人们无时无刻不在思考着不能思考的事物。

当研究人员解释了他们的发现后，泰斯高兴坏了。她激动地说："那一刻就好像清晨第一缕阳光照进了自己的眼帘，一切都变得豁然开朗。问题本身就是最大的问题。我瞬间就理解了这句话，因为这就是我一直以来生活的写照：越努力，越糟糕。"

大学的辅导员愿意为这项研究的参与者提供帮助。对泰斯而言，这项研究和之后的咨询服务彻底改变了她的饮食方式，并帮助她成功减重。泰斯说："'不能''不要'这些词彻底地从我的生活中消失了。我对待自己生活的方式与他们帮助我应对食物的方式非常相似。我不再整日里总想着要做美甲。我偶尔会做一次并享受这个过程，随后我又会重新投入日常生活。这也是我现在对食物的态度。我每天会吃健康的食物，但偶尔也会享用一点垃圾食品来犒赏自己。"

虽然过程缓慢，但毫无疑问，泰斯自从研究结束后体重减轻了一些。她说："最重要的是，蛋糕和糕点再也无法掌控我的生活了。今时今日，我能管理好自己的生活。"

作为一名学生，菲利普·舒尔茨熬过了一段难以忍受的人生历程，那段时间里问题几乎成了他生活的全部。本·柯蒂斯、迈克尔和泰斯的经历，以及研究人员的发现都表明，每天将问题视为头等大事意味着进行一场注定失败的战役。对于菲利普·舒尔茨而言，只有将问题放在一边，进步才有可能会发生。

每天，菲利普的老师会教授新的课程，而他也会端坐在椅子上，笔不离手，全神贯注地听讲。每天他都尽力完成作业，但努力都以失败告终。日复一日，他看着同学们学习着新的知识而自己只能痛苦地坐在一旁，希望没有人会注意到他。

老师们彼此心照不宣——不要点名菲利普回答问题，因为他永远没有正确答案。慢慢地，老师们也不再相信可以与菲利普做课堂交流，于是他们把他的座位安排到了教室的后面，并渐渐地减少对他的关注，无视他的学习情况。然而，菲利普的同学们却乐此不疲地捉弄着这个愚笨的同伴。

学校管理人员在菲利普殴打了几位嘲笑他的学生后终于注意到了这个孩子。校长对此事的处理方式就是让菲利普的家长办理转校事宜。不出意料，在新学校重读三年级是一个枯燥难熬的过程，这只是让菲利普再次感受了一遍失望和挫败。

菲利普所有问题的根源很简单——但对于一个出生于书香门第的孩子而言尤为残酷——他不会阅读。他的父母、老师和家庭教师多年来一直在试图帮助他克服这个问题，但最终都对此束手无策。对菲利普而言，他几乎无法认知书本上的那些字母组合，更别提阅读文章了。他患有诵读困难症，尽管那个时候他还没听说过这个医学术语。

菲利普的一位家庭教师将他的阅读能力的缺失归咎于懒惰。他曾挖苦菲利普："如果你不能够阅读，那么你还想做什么呢？"菲利普给出了唯一一个能想到的职业，他说："我想成为一名作家。"这位家庭教师听了之后笑得前仰后合。

阅读能力的缺失成为菲利普生活中最核心的问题。其他的不足在此面前都显得小巫见大巫。他内心深处也渐渐地认为自己是愚蠢的。

由于他深信蠢笨的人永远学不会阅读、永远无法取得成功，菲利普开始对自己感到绝望。但是他从未放弃生活在脑海中的另一个自己。

在他的脑海中，虚幻的菲利普会成为一名作家；虚幻的菲利普在学校表现优异；虚幻的菲利普拥有阅读能力，能看懂书本上的字母组合。

尽管他的现实生活被不可逾越的问题笼罩，但虚幻的菲利普的生活却充满着希望并拥有无限的未来。

菲利普躲在自己的小房间里，他挣脱个体的束缚，让全新的自己努力地学习，将单词与母亲大声朗读给自己的发音相联系配对，一点点地进步着。

　　菲利普将所有自己渴望拥有的能力都寄托在这个假想的角色上，并将自己带入这个人物的世界。在这个过程中，真实世界中的菲利普学会了如何阅读。正如他曾说的那样，他在词语和语言的音乐性中找寻到了快乐。尽管家庭教师对他的作家梦嘲笑不已，但菲利普·舒尔茨最终成为享誉全球的诗人。

　　他将自己童年时期痛苦的经历创作成诗集，并取名为《失败》（Failure），这些经历极具说服力。这本诗集也获得了普利策奖，成为他的代表作。几十年后回首当年的经历，菲利普并没有关注自己当时痛苦的境遇，而是着眼于脱离困境的方法。他说："我必须停止用他人看待我的目光来看待自己。我不能总先盯着自己的缺陷不放。如此做之后，我感觉自己自由了。"

回顾与思考

　　因为不眠不休地思考自己的问题，菲利普·舒尔茨永远停留在书本的第一页，本·柯蒂斯差点失去参加职业高尔夫巡回赛的资格，迈克尔勉强自己从事不适合自己的工作，泰斯做着那些自己极力想避免的事情。

　　问题优先的思维模式将限制我们在日常生活中的成就。

　　问题优先的思维模式将使我们失败的可能性增加17倍。[2]

　　假设你目前正身处马戏团。

　　你的问题就在舞台中央——他们是驯狮员和秋千杂技表演者。你的眼睛和思绪无法从他们身上转移开，你也未付出任何努力，因为你的这些问题是如此迷人和重要。但与此同时，他们又令人感到害怕和沮丧。

　　你的解决方法——找出能够丰富你生活的革命性想法——想象它是一个捧

着爆米花的家伙。他正缓缓走在巨大帷幕的另一端的过道上，非常惹眼。你可以看见他，如果你想，你甚至可以好好打量他一番。但很可能你将忽视他，因为他并不处于你大脑所关注的区域。即使你无意中瞥见他，你也不会关注他。但他就在那里，有你需要的东西。

两种方法：教你把问题放在一边

看一场无聊的电影。弗朗索瓦·雅各布因发现基因是如何创造了生命而获得诺贝尔奖。他并没有在没日没夜待着的实验室里收获研究的灵感。灵感是在他看电影时突然涌现——更准确地说是看一部"无聊"的电影时，它彻底解放了他的思维，让他天马行空地畅想。当你一筹莫展时，试着找一件能让你从问题中抽身、分散你注意力的事情，从而解放你的大脑。

把自己想象成另一个人。从同一种视角反复思考问题往往会徒劳无功。我们将一无所获，除非我们能从全新的角度来审视它。心理学家达里娅·扎伯丽娜和迈克尔·劳宾森发现，让参与研究的成年人将自己假想成只有7岁的儿童，能极大地提升他们在处理各种挑战时的创造力。[③]你需要换个角度思考问题，从而得出新的想法。因此试着将自己想象成另一个人，以他的视角来看待这些问题。

小结

当你盯着问题不放时，它就像是魔咒，迅速占领你的大脑，定义和指挥你的行动。你想尽力避免犯错，结果却犯了更多的错。你没有意识到，问题本身就是最大的问题。如果你做不好，也许是不适合，你可能从未这样想。如果围绕已存在的问题寻求解决方法，你会陷入新的问题。问题优先的思维模式会将你的问题无限放大衍生，这时你需要做的是将问题放在一边，想想你真正要解决的是什么。

从恐惧中解放自我

第二章

如果你需要在接下来的半年中研究快乐和幸福，或者是在接下来的半年中研究痛苦和悲伤，你会如何选择呢？

这是一个很小的测试，然而其中却蕴含着我们处理事情时的侧重点。我们是被美好的事物吸引，还是会更关注糟糕的事情？我们是思考自己希望的事情多呢，还是试图避免的事情多？我们先寻找的是问题，还是解决方法？

表面上这似乎是一个很简单的问题。毫无疑问，对幸福的研究将带来更多的乐趣，研究的结论也会更加有价值，因为没有人愿意去模仿悲伤者的行为。

我们来看看心理学家是如何在现实生活中回答这个问题的。一位研究者建立了一个数据库，其中有数以万计的心理方面的研究报告。他将研究分为两类，一类是对于人们积极、正确的心理的研究，另一类则是对消极、错误的心理的研究。结果显示，心理学家们对不幸和问题所做的研究比关于幸福和解决方法的研究多出了125%。①

问题优先的意识，以及对坏消息的偏爱都由来已久。远可追溯到40万年前的穴居人，近到上学期心理学教授做的研究，直至现在你认识的每一个人。我们将个体的生存问题与一系列的消极后果和危险相联系。我们被迫将注意力集中于自我和专业发展领域的错误情况上。我们的担忧包罗万象，从糟糕的天气到最后一秒绝杀我们心爱球队的进球。

曾经，这些危机意识确实必不可少。如果生活中你只关注美好的事物而忽视潜在的威胁，那么很有可能在你罗列幸福的几大理由时，一只乳臭未干的剑齿虎就足以把你吞咽入腹，饱餐一顿。然而，如今对危险、恐惧、问题以及消极事物的侧重将扼杀我们的创造力、削弱我们解决问题的能力，最终将摧毁我们的生活——而这所有的一切仅仅是为了避免被一只在12000年前就已灭绝的剑齿虎吃掉。我们将天平倾斜于坏消息一端的心理可以视作一种自我保护的行为，然而对危险的过度关注比起危险本身，会对我们的生活造成更大的威胁。

在20世纪90年代末的巅峰期，《宋飞正传》（*Seinfeld*）每年为NBC（美国全国广播公司）的电视网络部带来了近两亿美元的利润。事实上，《宋飞正传》带来的盈利额比其他所有黄金时间段的节目的总盈利额还多。该剧取得了空前的成功，深受观众喜爱。它在收视率排行榜上力压群雄，几周过后就拥有了累计近2000万的观众。最终它被《电视指南》（*TV Guide*）杂志评为史上最伟大的电视连续剧。数年后，该剧的核心内容仍旧在现今流行文化中有所体现（这并没有什么不对），并且该剧创造的模式仍是节目分销系统中的主流模式。

时至今日，身兼主演与主创的杰瑞·宋飞和最终拍板播出该剧的NBC部门负责人沃伦·利特菲尔德仍旧在书桌里珍藏着当年《宋飞正传》大事纪要的副本。对于杰瑞·宋飞而言，这本大事纪提醒着他什么是讽刺。而对于利特菲尔德而言，这本书警醒着他该如何制定决策。他们二人都保存着当时受测观众在《宋飞正传》试播首集时反馈的测试报告。

试播首集的目的在于让广播网的主管们来判断观众们是否会喜爱这部电视剧。基于对首集的反馈，广播公司会决定是否订购一季或部分剧集，或者他们会将该剧束之高阁。

受测观众对于《宋飞正传》的评价如何呢？他们讨厌这部剧。他们不喜欢剧中的人物、风格、场景和故事。乔治是一个"输家"，是一个"懦夫"。杰瑞的人生"平淡乏味"。克雷默（当时被称为凯斯勒）的角色设计毫无意义。只有伊莱恩没有成为观众嘲笑的对象——因为她这个角色在首集中还未出现。观众甚至对该剧的模式，即在故事开始前和结束后设置小喜剧板块，也感到厌烦不已。

杰瑞·宋飞本人嘲弄地将测试报告解读为"任何物种，从人类到沼泽居民，都不喜欢这部剧"。然而报告向广播公司暗示了一些更为糟糕的事实。这部剧对任何一个人都没有吸引力。利特菲尔德的老板——布兰登·塔蒂科夫在看完报告后，立即意识到观众可能认为《宋飞正传》"犹太味、纽约味太重了"。

利特菲尔德将其评价为一份"不具说服力""灾难性"的测试报告。他觉得宋飞这个人物很有趣。他坚信《宋飞正传》潜力巨大。但是观众的反馈却给他们当头一棒。他表示："这份报告让我们感到恐慌。"

这种恐慌笼罩在所有人的心间。利特菲尔德回忆说："它告知我们可能遇到的最糟糕的状况。我们不得不进行考量。我必须想出对应措施。如果我冒险播出这份报告认定会一败涂地的电视剧，我该怎么说服自己？"

利特菲尔德将他对《宋飞正传》的最终取舍视作一个棘手的问题。如果他放弃该剧集，这就意味着他遗弃了该剧的亮点和潜能。反之，如果他在这部他觉得与众不同但观众已经表示厌恶的剧集上投入大笔资金，那么他将有可能承担所有失败和唾骂。难以想象他有何脸面走进董事会，向众人解释自己为何会投资在一部角色、故事和剧集模式都为人所不喜欢的电视剧上。

利特菲尔德和他的团队最终还是放弃了《宋飞正传》。相反，他们向《修女凯特》（*Sister Kate*）这部剧亮了绿灯。利特菲尔德后来承认说："我们最终选择了观众测试结果更好的电视剧。我们选择一个照顾孤儿的修女来替代宋飞。"

大众对《修女凯特》和那些可爱的孤儿的热情使得他们订购了整整一季的

剧集。修女和她那些守卫的故事积极向上、温暖人心。然而在第一季还未完结时该剧就暂停播出，因为它的内容太大众化、太平淡无奇了。（《修女凯特》剧集里有一个笑话，修女凯特曾这样描述她那位开车极慢的好友阿普丽尔："如果道路的速度限制是25迈，她就开24迈！"）

当《修女凯特》的剧集无法加入危险刺激的故事内容时，《宋飞正传》的世界里却充满了烦恼和愤怒、困惑和绝望，以及离奇的遭遇。宋飞曾将《宋飞正传》描述为一部没有拥抱并远离大众的剧集，而《修女凯特》则是拥抱观众、贴近生活的剧集典范。

利特菲尔德后来坦言："当你回头来审视当时的情况，你很难想象《修女凯特》能获得大众的喜爱。我的意思是它的成功令人难以信服。但是在当时，一部剧集赢得多人的赞美，而另一部剧集则满是批评，你会怎么抉择？"

这就是问题诱惑人的地方。当时的选择看起来更安全、更容易去解释。但是，它却让我们无法思考出更多的可能性。

《宋飞正传》最终还是登上了NBC的大银幕，这并不是因为主管们改变了想法，而是因为他们没有别的剧集可播，面临暑期档的空白。不出所料，一部毫无名气的全新剧集在没有任何宣传造势的情况下在某个夏季夜晚突然播出，并没有吸引大批的观众。

然而该剧却赢得了一位粉丝的喜爱，他就是里克·路德维希——NBC深夜节目的负责人。路德维希在《宋飞正传》中看到了在黄金档播出的剧集所不具备的东西：原创的幽默，而不是陈旧笑话的简单变体。尽管从未有过先例，但是路德维希拿出深夜剧集的预算，购买了额外四集《宋飞正传》。由此开始，从四集，然后半季度，到整个季度的剧集订购，《宋飞正传》从一部无人喜爱的剧集蜕变为电视荧屏上最受欢迎的电视剧。

20多年来，利特菲尔德一直在思考他是因为什么差点错失了这部他职业生涯中最赚钱的剧集，他认为是恐惧在其中作祟。现在他表示，观众在调研中总是习惯把每一部剧都评价为"难以理解"或者"想要变得与众不同"。但正是这种与众不同的特质能牢牢抓住观众的兴趣。他的工作也正是去发现这种与众不同的特质。

当利特菲尔德现在再回看当时《宋飞正传》的调研报告时，他笑着说："这份报告分析了观众不喜欢这些人物以及该剧无法赢得市场的原因所在。"从这个差一点成真的弥天大错中，他意识到人们必须忽视那些会让你失去行动力的警告。他现在会说："忘记调研报告。它只是一种草率的看法。"

然而，在这个行业里并非所有人都吸取了教训。随后十年间担任NBC总裁的杰夫·祖克尔曾警告说，《宋飞正传》在现今的网络电视中不可能取得成功。即使它在试播测试中幸存下来，它也不可能赢得一大批观众。祖克尔认为："如果它不能立即大获成功，它会很快就被人遗忘。"这是为什么呢？他解释说："没有人会有勇气等待该剧获得成功。"

第一个晚上是对缘分的庆祝。吉娜和凯文同时在周四晚上上网玩"朋友一起来猜字"，这款网络游戏与"拼字游戏"很类似。与游戏名字不同的是，你不需要找一个朋友来对抗，相反，系统会随机为你选择对手。对手可能来自世界各地。而游戏会为每个玩家自动配一个对手。

很快，当两人交替打字的时候，对话间充满了恭维和打趣，这也让聊天室显得热闹非凡。随着吉娜用七个字母拼写出elation（兴高采烈）这个词并获得巨额分数后，她赢得了第一场比赛。随后两人共同按下了"重赛"的按钮，很快进入第二场、第三场、第四场比赛。临近午夜，两人约定了下次对战的时间。他们边对战边聊天，话题从游戏本身延伸到有关两人工作和生活的琐事。周末，当他们最终讨论到两人的住址时，他们惊讶地发现，在这样一个全球性的网游中，他们两人仅仅相距200英里。用elation（兴高采烈）这个词来形容他俩的心情再恰当不过。

不同于《宋飞正传》的调研报告，两人间的所有互动都是积极乐观的。两人很理所当然地见了面。

三周后，两人相约共进晚餐。刚开始的时候气氛有点尴尬。他们虽感觉彼此神交已久，却毕竟是第一次见面。他们分不清楚这究竟是一次好友间的还是陌生人间的聚餐。他们绞尽脑汁寻找聊天话题，努力去消除两人间的距离感。他们即使在相隔200英里的网络游戏聊天中也从未感受到过这种距离的隔阂感。为了找回他们曾经相处时那种放松自如的感觉，凯文认真地建议两人登录"朋友一起来猜字"，假装两人并没有只隔着三英尺的距离挨着坐。

回家的路上，凯文觉得吉娜人很好，但现实生活中两人并没有如在虚拟世界中那样契合。然而吉娜的感受却彻底相反。凯文到家后收到了17封来自吉娜的电子邮件，其中包括一封主题为"吉娜关于晚餐亮点的清单"，一封是关于两人在玩游戏时拼出精彩单词的简要回顾，还有一封是认为彼此共度了令人难忘的特别的一晚。

凯文惊讶地发现，吉娜对于晚餐、对于所有事情的看法竟然与自己是那么不同，她还如此用心地将两人共度的时光分门别类。凯文越加深信，如果他们两人看待事物的角度大相径庭，那么两人的未来可谓希望渺茫。

吉娜并没有被凯文的拒绝打倒。在数次请求凯文能回心转意但无果后，吉娜展开了一系列追求，强势地参与进凯文的生活。她会发电子邮件、语音留言和短信，她会深夜在他门前徘徊，她会尾随凯文到他常与朋友聚会的酒吧。她再三的纠缠受到了凯文的警告。

凯文对吉娜的行为感到目瞪口呆。很显然，吉娜的心理失衡了，这会造成其他严重的后果吗？他的汽车的轮胎会不会被扎破？吉娜是否会采取一些暴力行动？

凯文于是来到法院申请禁令，他出示的骚扰证据不仅包括电子邮件、语音留言和短信，还包括一个记录了吉娜在他家门口前人行道上对着自己大声说脏话的手机视频。

凯文的法庭一行似乎让吉娜克制住了妄想行为，然而吉娜对凯文的跟踪行为所带来的危害才刚刚开始。

凯文发现自己彻底变成了另一个人。曾经冷静的自己变得疑神疑鬼。曾经的自己自信、热情，而现在却待人冷漠疏离。凯文说："我总觉得有人一直在盯着我，我总是忍不住回头看。"

"以前我从未想过恐惧会对人造成何种影响。我曾经对自己的所作所为都很自信。我能毫不迟疑地去做每一个决定。但当你感到恐惧时，它成了你唯一能轻而易举做到的事情。其他所有的事情对你而言都成了折磨。"

一年后，凯文遇到了心仪的女孩，两人如胶似漆。凯文觉得她就是那位能共度一生的伴侣。不久之后，两人同居了，而凯文也开始策划婚礼事宜。

但同居的生活充满了争吵和愤怒，凯文发现自己将本该珍惜的情感关系搞得一团糟。甚至从女友的手臂上醒来这件再普通不过的事情都能让凯文感到恐慌，凯文会立马觉得躺在他身边的人一定是闯入自家的歹徒。

凯文表示："如果吉娜那些行为的目的是让我感到痛苦，那么结果应该比她预想的还要'好'。因为她影响了我生活的方方面面。短短几个月时间，我弄丢了未婚妻，我搬离了住所，我丢失了内心的平静，我甚至把自己给弄丢了。这一切都源于恐惧和厌恶。"

凯文的行为是出于最基本的生存本能。他将它看作人生中遇到的最大问题并给予了全身心的关注。他将情况变得越来越糟。他不断放大问题。他本可以将这些问题弱化为一段糟糕的经历，但他却紧抓不放，将其置于生活的中心。一切由自我保护的冲动开始，以生活质量被彻底破坏而告终。

凯文告诉自己："你必须重新开始新的生活。"

你刚刚中了彩票。那是一笔你有生之年见到过的数额最大的财富，它现在就躺在你的银行账户里。所有人一生中做梦都想拥有这样的运气。

你现在该有多开心？你以前曾这样开心过吗？你生活的方方面面是否都得到改善了？你的负担消失了吗？

菲利普·布林克曼跟踪调研了彩票中奖者并询问他们整体的幸福度以及日常的满足感和失望感。我们也因此能得知上述问题的答案。

为了方便对比，他向参照组成员询问了同样的问题。参照组与实验组成员的生活非常类似，除了一件事例外：他们像绝大多数人一样，从未中过彩票。

你认为哪一组会更快乐？彩票中奖者还是普通人？答案似乎显而易见。

但显而易见的答案却是错误的。拥有财富或许比没有财富更糟糕，因为研究表明彩票中奖者对于日常生活的满意度比普通人低十个百分点。[②]即使在被问及他们对未来生活的幸福度的预期时，彩票中奖者并没有比普通人更乐观。

彩票中奖者其实都是普通人，只不过口袋里多了额外的百万美元。他们怎么会不比旁人更开心呢？这个完全说不通。

但这就是我们的天性。好事永远没有坏事重要。好事也会随着时间的推移转变为坏事。当我们习惯了好事后，我们的预期也会变得更高。如果你将彩票奖金用来买一栋豪宅，一段时间后它就会显得不那么宽敞华丽，对你而言这就是你的家而已。此外，好事使得其他的事物看上去平淡无奇。彩票中奖后，当你读到一份有趣的文章或者购买了一条好看的裤子后，你还会很开心兴奋吗？

美好的事物会逐渐衰减消散。

然而，坏事总是吸引着我们的注意。由于它强大的吸引力，即使我们有机会去欣赏好事，最终我们也会关注坏事。

你已结婚并且同意回答一些有关个人生活和人际关系的问题。访谈很简单。但是你和你的配偶需要同时在这里参加访谈。

你们俩被带入一个小房间。你们并排坐在桌后，研究人员坐在桌子的另一边。在研究人员身后放置了一面双面镜。可以想见，镜子后有人负责记笔记。

问题都很简单，或许部分题目显得有点多管闲事，但没有稀奇古怪的问题。比如，你们两人在哪里相遇？谁负责倒垃圾？你空余时间喜欢做什么？诸如此类的问题。

研究人员希望听到你们两人各自的回答，所以即使一个小问题可能都要花一段时间。

你是否会微笑地看着你的配偶？你是否会认真聆听？你是否会点头附和？你是否在访谈的时候触碰过你配偶的手或肩膀？

你是否会打断你配偶增补或修改一些内容？你是否会在听到批评或尴尬的回答时翻白眼表示不屑？你是否会在你配偶回答问题时在椅子上不耐烦地左右摇晃？

研究人员并不在乎你们在何地相遇或谁负责倒垃圾，他们只是想要知道你是更可能模仿你配偶友善的行为还是不友善的行为。

虽然在生活中，当你重复做好事的次数多于坏事，一切事物都会显得更美好和简单，但事实上，我们重复做不友善的行为的次数是友善的行为的五倍。[3]这意味着，你每做错一件事，你最好再做五件对的事情，否则你就将不进则退。

研究同时表明我们对于错误的关注不仅仅是出于过时的生存本能，它已然成为人类主动承担的负担。出于生存的目的，健康充实的性生活能促进两性关系，因此能最大程度增加生育后代的可能性。然而研究表明，当夫妻的性生活和谐健康时，它在夫妻关系满意度中只贡献20%。然而当性生活不尽如人意时，它将在夫妻关系不满意度上占据75%的原因。换句话说，良好的性生活并不能改善两人的关系，但糟糕的性生活一定会导致两人间出现隔阂。④

消极的事物比积极的事物更重要。对于彩票中奖者、夫妻、凯文和NBC的决策者而言，恐惧统治着每天的生活，而问题成为他们生活的主人。此刻来看，将坏事看得比好事更重要这种原始恐惧是一种根深蒂固的生存本能。古时候的穴居人也并非24小时时时刻刻都待在洞穴里，而现在我们更是应该走出洞穴。

然而，走出去对于克莱尔来说显得尤为困难和备受挫败。

克莱尔承认说："我知道，这听起来很可笑。你怎么会不愿意从那扇40多年来每天进出的房门中走出去呢？但当你无处可去时，一切就都不同了。"

从邮件收发员到办公室经理，到区域经理，直至公司总部的高管，克莱尔从还在使用存折和烤面包炉还是免费的年代开始就一直从事银行业。她认为自己非常幸运，因为她的职业生涯充满挑战和收获。克莱尔说："当你在镇上闲逛时，你无意间会发现你所到的每一处都能看到通过自己工作的银行发放借贷而开张的商店，你能看到一个家庭通过在我们银行办理按揭贷款而可以入住房屋，你可以看到许许多多顾客，他们将自己的积蓄存在我们银行里，日复一日，年复一年。"

在办公室的每一天，克莱尔都是决策的制定者。她表示："即使在我准备出门的时候，我也已经在梳理一周内我们需要申请处理的事情。最后，我甚至能在第一杯咖啡喝完前就做好一些包含7~8个数字公式的复杂决策。"

现在，她的行程已经没那么高强度了。

克莱尔说："每天清晨，我梳妆打扮好后开始吃早饭。我似乎急急忙忙地将一切准备就绪。但是为了什么呢？我着急得无处可去，这一切就好像陷入了交通堵塞中。"

更糟糕的是，她意识到自己正在跟她本应珍视的东西对抗。"什么是时间？时间是你能拥有的最伟大的财富。即使是法老也无法使时间永存。然而我又对我所能拥有的最伟大的财富做了些什么呢？"她不停地质问自己。她认为："我将时间化为虚无。更糟糕的是，它变成了一种威胁，而我不得不尽力去掌控、驯服它，尽力让它不要摧毁我的生活。"

她曾经满心期盼着退休。在她看来，退休意味着一系列的可能性。然而当她现在真的退休之后，她很难回想起当初的任何一个计划。她周围的人都祝贺她自由了，然而她却觉得自己被困住了。她很想知道，"自由后自己该去做什么事情呢？我一点主意都没有。"

她考虑加入不同的社团，但是如果团队成员太年轻，她会觉得自己就是个老女人，会破坏快乐的气氛。如果成员太年长，她又觉得自己是另一个老女人，泯然于众多白发老人之间。

克莱尔说："我总是觉得自己将要出席的聚会其实并未邀请我。"她渴望熟悉的人和事，这让她感到舒适。她表示："我能想到的就是回到银行，然而我刚刚从那儿离开。"

虽然她并没有如凯文或NBC的高层那样拥有那种有形的恐惧，但克莱尔的问题仍然占据了她生活的中心。当她将自己的退休视为一个问题时，她就无法看到其中的解决方法。

"人们常说：'如果你有时间去做任何事，那就尝试一些新的事物。'但你还记得自己在幼儿园第一天时的感受吗？于我而言，那是60年前的事了。我记得当天的感受，我感觉自己不知所措。我可以选择继续忍受也可以选择回家。因此我选择了回家。"

各行各业中，如果人们有勇气战胜恐惧、噩耗和负面的行为，那么他们将迎来充满无限可能的未来。克服恐惧的确能帮助人们重新定义一个问题，甚至是整个宇宙。

阿尔伯特·爱因斯坦是全世界最受尊敬的物理学家。他的那幅像个四岁幼童般顽皮地吐舌头的照片，即使在70多年后的今天看来依旧令人深感意外。我们怎么会想到如此伟大的科学家会有这般幼稚的行为？

但问题本身就是个谬误。抛开这个问题，我们会意识到这个略显无聊的举动似乎是非常难能可贵的。世界上哪位伟大的思想家没有一些特殊的癖好？世界上又有哪位伟人是为传统标准而存在的？

虽然表面上看来，爱因斯坦这张照片有些愚蠢和不值一提，但它却折射了一些伟大的思想以及创造这些思想的伟人。你知道当爱因斯坦第一次看到这张照片时的反应吗？他并没有感到惊讶或是转过脸去表示厌恶。他也没有公开道歉或发誓今后要变得更为成熟。相反，他要了这张照片的副本。他裁剪了这张照片，并将关注点都集中在他的脸部和舌头上。随后他将剪裁好的照片影印成便笺卡片，这样每当他需要给博学严谨的同事们留便笺的时候，他们都会看到爱因斯坦吐舌头的图像。

当爱因斯坦获得诺贝尔奖后，比起他的获奖感言，他获奖之后的行为才真正体现了他天生能抛开传统束缚、从新的角度审视问题的能力。爱因斯坦从斯德哥尔摩出发来到哥本哈根去拜访他的朋友——著名的物理学家尼尔斯·玻尔。玻尔在哥本哈根的火车站见到了爱因斯坦并带他坐上了有轨电车，一起前往自己的住处。

他们在车上就座后，立即开始深入探讨量子力学这个彼此都热爱的领域。等到玻尔想起来看站牌时，他们已经到了最后一站，距离应下车的车站已很远。深感抱歉的玻尔只得和好友又坐上反方向的电车。这次玻尔暗暗提醒自己一定不能再错过站，然而他又不自觉地全身心投入与爱因斯坦的讨论中，以至于当他再次抬头看时，他们又回到了最初出发的地方——哥本哈根火车站。当玻尔第三次坐上有轨电车试图带好友回家时，他感觉有点滑稽。玻尔自嘲道："我都能想象到人们是怎么看我的。"他觉得司机一定认为这两个来回乘坐有轨电车的男人脑子一定不太正常。同时玻尔也相信爱因斯坦从来没想过旁人会认为他们很古怪，他从不杞人忧天。无论是他的学术理论还是交通出行方式，爱因斯坦都无须得到任何一个人的赞同。

爱因斯坦生活中的许多片段都淋漓尽致地展现了他的力量。而他的超能力就是敢于生活在自己的世界里，一分一秒都不让自己束缚在恐惧的问题中，他无所畏惧。他敢于选择那条无人走过的道路。不逃避危险，也无惧结果。

爱因斯坦也意识到了自己的力量。他曾写道："我是一匹擅长单兵作战的马，不适合双人或团队合作。"在他看来，大多数人因为他人的评价而无法突破外在的限制。与你的同龄人保持距离需要力量，有时甚至需要极强的意志力。但谈论到保持这个距离要付出的代价时，他说："我得到了回报，我不再依赖他人的习惯、观念和偏见。同时，我也不用冒险将自己内心的平静建立在这些不稳定的因素之上。"

当他发现独立对于自己研究工作的重要性之后，爱因斯坦几乎不再关注他人的看法。相反，他认为我们都低估了自己的能力，因为我们倾向于从错误的角度来审视自己。爱因斯坦表示："每一个人都是天才。但如果你用爬树的表现来衡量一条鱼的能力，那么那条鱼将一辈子活在自己愚不可及的想法中。"

对问题的恐惧让凯文疑神疑鬼，让克莱尔束缚自我。恐惧使得NBC的高管将《宋飞正传》束之高阁，转而投资那部很快被人遗忘的《修女凯特》。而正是无畏恐惧为阿尔伯特·爱因斯坦的成功奠定了坚实的基础。

对问题的恐惧无处不在，我们每个人身上都有。它曾经保护我们免受捕食者魔爪的摧残。然而现在它将我们的注意力局限于问题之中，使得我们无法拥有一种完整充实的生活。正是对问题的恐惧使得人际关系中坏事的影响力是好事的五倍之多。正是本能的恐惧使得心理学家对人的消极心理行为的研究是对积极心理行为的研究的两倍。他们本应更为明白这个道理，本应战胜这个时代的错误和人类的本能。

让恐惧指挥我们的生活，让恐惧将问题放在第一位，就如同当你在粉刷有两层楼的房屋时拒绝踏上梯子最下面的一级。毫无疑问，这样做你会更安全，但前提是你愿意一事无成。

两种方法：两步让你远离恐惧

尝试一些你从未做过的事。尼尔·杨在发行了自己第一首位居排行榜首位的歌曲《金子心》（*Heart of Gold*）后做了什么呢？他并没有去忧虑自己之后是否能取得相同的辉煌。相反，他选择了一个全新的音乐方向。他表示："这首歌让我站在了路的中央。继续前行会让我感到枯燥乏味，所以我选择向着沟渠进发。这条路虽更艰辛，但我却能遇见更多有趣的人。"他一路坚持，将自己的音乐生涯延续了40多年之久。当你不将自己局限于已知已做的事物时，你的思想将得到解放。今天做一件——任何一件——你完全不熟悉的事情吧。

吃一块糖果。当我们感到快乐而不是恐惧的时候，我们的思维能更清晰。解决方法有多简单呢？事实上，一块糖果就够了。艾丽斯·伊森和她的同事们对医生做了一个实验。一半的医生拿到了一小袋糖果，里面装着巧克力；另一半医生则没有。她将相同的病例交给所有的医生并要求他们给出一个诊断。吃了巧克力的医生中有更多人得出了正确诊断（慢性肝炎），并且他们在创造力的测试中表现更好。即使是今天，最微不足道的快乐感也能鼓舞你收获更好的想法。

小结 ◀

相对于好消息，坏消息总是更能吸引我们的注意。我们恐惧犯错，恐惧新的变化，甚至是别人的评价。如果说原始的恐惧来源于自我保护的本能，那么现实中对各种问题的恐惧则多半是自我的禁锢。没有一成不变的标准，也没有绝对的负面事物，人们对问题的解决本身就是在不断地开发自我潜能，在适应环境的过程中改造环境。所以，解放自我是解决问题的第一步。

问题多是庸人
自扰

第三章

要是你能拥有一天的时间统治世界，你会怎么做呢？

如果你是总统、教皇，或是大财团的首席执行官，你接下来准备做什么呢？

你会去寻找问题。因为只有在问题里你才能找出解决方法。掌控别人的感觉太美妙了，但如果你什么问题都找不到，那么你的存在又有何意义呢？

虽然这听起来像是一档电视真人秀中设置的情境，但历史上有不少"一日国王"，扫罗·瓦尔就是其中之一。他在1587年的某一天成为波兰的国王。在那一天里，他一共找出了26个问题并发布了60多道命令。

问题可能会阻碍我们前进的步伐，寻找问题也可能会引发我们的恐惧，但问题同时也是紧迫感的巨大来源。问题将引发一系列的警示、行动，问题本身非常具有诱惑性。每个人都会遇到问题。它并不仅仅发生在国王们或"一日国王"们的生活中，事实上它降临在每一个凡夫俗子的每一分每一秒的生活中。每个人在指出问题时都感觉到自己显得很重要。

我们将自己投身于问题之中就好像警察开罚单一样。问题使我们觉得自己是不可或缺的人，它让我们觉得自己拥有权力，它让我们感觉到了自我的存在。如果我们没有问题，那么这本身就是个问题。

在一大堆来自世界著名的舞台和录音棚记录他们走向摇滚乐荣誉殿堂的珍贵收藏中，有一张历经岁月稍显破损的纸。纸上没有歌词，没有旋律，没有关于专辑的计划，也没有草拟的演唱会日程。但这份记录却预示了十年后一场革命的诞生，它不仅仅改变了音乐界，而且极大地改变了这个世界。约翰·列侬的高中报告单简明又精准地暗示了他是一位平庸无奇的学生，他似乎永远无法正确回答出老师的问题，因为与常人比起来，他总是忙于从不同的角度看待问题。

在他那些平庸的成绩下方，一位来自采石矿场（Quarry Bank）学校的老师在学生取得的成就那栏这样评价列侬："他的学习成绩如此糟糕的原因是大部分时间里他都在发明那些'机智诙谐'的语言。"以免自己的意思被误解，该老师还在机智诙谐一词上加了引号。他想说列侬不仅仅将时间浪费在搞笑的事上，并且他也不具备同龄人该有的机智。当然他没提及那些令老师们感到很有趣或搞笑的想法。他的老师们认为如果列侬不将时间浪费在琢磨那些无聊的文字游戏上，他或许能更有出息。

这份后进生的报告被永久地珍藏在装满列侬所取得的成就的荣誉殿堂里，它也反映了人们对于问题的热爱。约翰·列侬的老师们凭借自己曾经的受训经历，教授学生们传统的课程，并根据传统观念中对成功的定义来评价学生。他们相信人如果不墨守成规，那么就无法取得成功。他们对于没有朝着既定方向行事的人都异常警觉。

为了根除这个问题，列侬被迫去迎合那些传统的规矩。日复一日，他不断地压抑自己。每当他快克制不住自己的天性时，他就会蜷伏在写字板上一遍遍重复写着："我不可以……"有时列侬会被惩罚去打扫教学楼。当这些处罚都不再起任何作用时，列侬被传唤到校长办公室接受鞭打。

学校的管理人员清晰地看到了列侬身上的问题并对结果了然于心。列农来到库埃里洛克学校时，被分进A档学生里，这群学生会接触最难的课程并被寄予厚望能考入优秀的大学。入校后第二年，他被降级到B档。入校第四年末，他被放逐到C档，该组学生几乎不被寄予任何希望。当他沦落到C档后，他的学习报告中的评语不再是委婉的责备，而是变成了毫无顾忌的严厉指责。例如，在年度总结报告中有"毫无疑问，注定失败"这样的评语。换句话说，他注定是"没有任何希望"。在校长看来，一切都显而易见：这个男孩没有未来。

之后，学校的老师们对于列侬参与全英大学综合考试的表现表示无奈。列侬参加了九门考试，九门没通过——正如他们曾警告他的那样。

没有老师会欣赏他们最心烦的学生所拥有的完全原创的观点和非凡的思想。他的老师们——他们个个身着学士服外搭西装，手持学校的拉丁校训（*Ex Hoc Metallo Virtutem…* 从这块粗糙的金属开始，我们锻造美德）——从未注意到这位学生在自学哪些知识。

他们没有看到，约翰·列侬是一个活脱儿的书虫，他喜欢阅读、写作、画图和思考。他创作了自己的期刊——《每日号叫》（*Daily Howl*）——里面都是他自己的故事、诗歌和漫画。他在刚满十岁的时候就开始着手创作之后闻名世界的20卷本的短篇小说集。略显讽刺的是，他在教室之外是一个模范生。

但显然他不愿成为那块被精雕细琢的金属。他讨厌被控制，不愿被命令在特定的时间去完成特定的事情。他不愿去遵守学校管理层那些令人窒息的标准。所以到最后他也没有服从那些命令。

毫无疑问，不仅仅是学校的老师们认为列侬是一个浑浑噩噩没有目标的人，每个人的看法都是如此。列侬之后回忆说："我就是那个其他男孩的父母——包括保罗的父亲——口中'离他远点'的孩子。"哦，天哪。让我们假设一下，如果保罗·麦卡特尼的父亲成功阻止了他……

即使是在家里，抚养约翰长大的姨母也总会定期来到他的房间归拢他的各种各样的创作草稿，随后扔在垃圾箱里免得它们胡乱散落在房间各处。当列侬在高中时展露了对音乐的兴趣后，她也曾警告他说："约翰，吉他本身很好，但是你永远不可能靠它来谋生。"

每个人都清楚地看到了问题所在——这个男孩不按常理出牌，该做的事都不做。这个问题，像其他所有的问题一样，需要有一个解决方法。我们连推带挤，尽一切可能试图将问题从我们人生的道路上驱逐出去。我们也会享受这份付出，因为我们非常高兴能去做一切对的事情。知道接下来该做什么让我们很开心。

然而另一方面，人们很难看见前途、潜力和答案。我们也许从未见过它们或意识到它们的存在。即使我们真的可以，我们又用它来做什么呢？我们怎么来养育它呢？如果老师们认可列侬的未来是有前途的，他们就不得不承担风险屈从于未知的不确定性。他们将不得不承认他们能教给列侬的知识远不及列侬能教会他们的多。因此，列侬的老师们索性将他看作他们人生中见过的最糟糕的问题学生。

幸运的是，列侬并没有相信社会对他的一致评价。回望自己的学生生涯，列侬说："当我大约还是12岁的时候，我就开始认为自己会是一个天才，但没有人注意到这一点。"

事实上，他从入校第一天起就开始质疑老师对自己的评价。列侬说："当我五岁的时候，我母亲就常常告诫我快乐是生活的秘诀。当我上学后，老师们询问我长大后想要做什么。我的回答是'收获快乐'。他们说我没理解这个问题，而我对他们说他们没理解生活。"

阔别采石矿场学校十年后，列侬再次收到了母校的来信，是一名学生写给他的。信中提到，学生们在英语课上需要学习他创作的一首抒情诗并解读其中的含义，该学生想知道列侬是否愿意提供一些帮助。看完信，列侬觉得这个想法非常滑稽。即使是现在，他以往的老师们还在试图理解他的想法，试图用他们的标准来解读他的作品，仍旧想让他符合他们理解中的标准。为了纪念那些老师，列侬创作了《我是海象》（*I Am the Walrus*）这首歌，唯一的目的就是让所有人都弄不明白歌词所要表达的含义。

她并不是唯一一位对办公室圣诞午餐心存不满的员工。既定送达的时间早已经过了，现在已经快工作三小时了。她本不应该在两年里的第一个假期中把窗帘紧紧地拉上，隔绝阳光、美景、海风，并随后打开手机查看工作信息。她也不应该在观看百老汇演出时在幕间休息时走到大厅浏览工作信息，任凭时间飞逝而最终被告知第二幕已经开始，而自己不得返回第二排的座位上。

以上这些经历并没有让琳达意识到她太沉溺于工作，她也不觉得她需要重新审视自己的工作方法。

但当她发现自己偷偷从母亲的病房中溜出、小跑到医院大厅、寻找一个僻静的角落只为接通一个工作电话时，琳达就开始考虑自身存在的问题。

她并没有责怪自己的上司或是同事。让她变成时刻都在工作的办公室机器人的并不是糟糕的企业文化。一切都是她为自己设定的陷阱。她表示："正是我自己，我所需要的想法和事物让我变成了工作机器。"

琳达说："我一直信奉证明你自身价值的道路就在你眼前,你必须时刻准备着。当你在日用品行业中就职,你必须意识到任何事都在变化。变化不在某一夜发生,变化时时刻刻都在发生。我一直觉得,我怎么能让自己与世隔绝一周的时间去享受假期,甚至是一顿午饭的时间呢?"

和约翰·列侬的老师一样,琳达迫切地想要解决问题。如果有一个会议,她希望自己就在现场。如果有个留言,她希望最先看到内容。如果在某个地方发生了事情,她都想要知道。琳达说:"我最害怕的就是走到一扇被关上的门前。我希望自己能处于重要事件发生的现场,而不是处于等待和观望的状态。"

不出意料,随之而来的不仅仅是她时间的紧缩——工作中,下班后,上班的路上,假期——而是永无止境的压力。琳达坦言:"当你让自己处于随时待命的状态,每一条信息都将成为一种新的紧急状况。你收到了消息,你紧抓着它不放,并将它看成一个新问题。"为了了解每件事情的最新进展,琳达每发一封邮件就会在收件箱里删除原信息。如果她仍有些消息需要接收,那么她绝对不会离开办公室。她直到每晚邮箱都清空后才会上床睡觉。

讽刺的是,即使琳达没有接收到任何信息,这也会对她造成压力。琳达无奈地表示,"你会想'为什么会没有任何信息?难道是系统出故障了吗?难道是问题太严重所以对方没有时间发出这个短信?'这些听起来都很可笑,但当你身处那个境地时,你会觉得那样的假设可能就是合理的。"

将人生的每一分每一秒都视为问题的生活态度让琳达感到精疲力竭。即使她的头已经靠在枕头上,她依旧无法安然入睡。毫无疑问,琳达已经将自己的身体训练得能长期保持警觉而非渴望深度休息。

凭借着所有的热忱和付出,琳达让自己没有时间去休息、进食和思考。

这也意味着，她的生活始终一成不变，任何不同或更好的事物都没有时间在她的生活里发生。她无法向公司提出一个新的想法或更好的做事方法，因为她太忙了，以至于没有时间去思考，哪怕萌生一个想法的时间也没有。就像一辆深陷砖块间的轿车，她不停地转动着车轮，加大油门但仍寸步难行。很显然，如果你能坚持足够长的时间，你会发现自己仍是停留在原地，然后发现车没油了。

在偷偷从母亲的病房中溜走后不久，琳达开始认真地审视自己的工作方式和生活方式。每天时时刻刻都在寻求解决方法，这就意味着她每天制造了一个时长达24小时的问题。而她也不得不承认这种方式并不起作用。她说："我最终明白重点是无法追逐的，因为你永远抓不住它。"从此以后，她试着利用一天中零碎的时间去处理工作上的事宜，她甚至在晚上能好几小时不查看信息。她表示："刚开始时，我很不适应，就好像我被放置在一个被完全剥夺了感官系统的房间里。但现在我可以观看一部完整的电影而不去查看我的手机——当然电影不能太长。"

你在报纸上看到了一则广告，它看起来很有趣。这是一个有关记忆力和学习能力的实验，如果你参与实验，他们会给你些报酬。广告中明确表示欢迎各行各业的人报名参与，无论你是会计、管道工还是从事其他职业的人士。

你报名参加并如约来到当地一所大学的校园里的一间办公室。随后你发现该实验需要两个人来配合共同完成。你俩从盒子中抽取了纸片。你的纸片上写着"老师"，另一个人的纸片上则写着"学习者"。

随后你们被告知了具体的任务。作为老师，你有两个责任。首先，你需要将许多词组朗读给学习者听。而学习者需要尽量记住这些词语搭配。随后你将对学习者进行一个测试。还有一件事，为了帮助学习者能全神贯注并成功地学习掌握这些材料，你将得到一台电击设备。作为老师，当学习者犯错时你需要给他一些电击刺激。事实上，每多犯一个错误，你将给予更强烈一些的电击刺激。

这个在学习过程中施以电击刺激的辅助方式在实验前你就被告知，而你也没有提出任何质疑。

你坐在桌后，面前摆放着词组清单和一个电击盒。学习者被带到隔壁的房间并将身体与电极连接好。通过对讲机，你开始朗读词组。

电击盒上标有醒目的标签：15伏电压，电击指数显示为"轻微"；75伏显示为"中度"；195伏显示为"强烈"；255伏显示为"剧烈"；315伏显示为"非常剧烈"；375伏显示为"危险、严重"；直至最高的450伏醒目而又简洁地标记为"×××"。

对于学习者的第一个错误，你放心地按下15伏的电压刺激并继续下一组词。每犯一次错，你就被要求增加15伏电压。在第五个错误后，当你按下75伏电压时，你听到了一声咕哝，这表明学习者开始感到不适。

你继续安心地"教"词组，并逐次增大电压，即使咕哝声已慢慢变为尖叫。当犯了第十个错误后，学习者开始绝望地尖叫，声音中充满着痛苦。他请求停止实验。

你开始变得紧张，开始出汗。你寻求研究人员的指示，却被告知"请继续"。于是你继续实验。

你继续朗读列表中的词组而学习者则继续不断地犯错。你只能继续增大电击电流。你开始战栗，紧紧咬住嘴唇，手指甲几乎嵌入桌子里。

下一个电击强度就是315伏，标签上写着"非常剧烈"。学习者又犯了一个错。你停下动作，脑中回想起那句"无论学习者喜欢与否，你必须继续教学直至他正确掌握所有的词组，请你继续"。

你局促不安地苦笑一声，并按下了表示"非常剧烈"的按钮。

然后，寂静一片。没有哭喊，没有呻吟，没有尖叫，任何的声响都没有。

结束了吗？你被告知实验并没有结束。

你对于学习者的情况感到忧心忡忡。然而你再次被告知："我们必须继续实验。"

朗读完下一组词组后，你没有得到任何回应。你被要求增强电压刺激。你仍然没有得到任何回应。没有呼喊，没有呜咽，任何的声响都没有。

一次又一次，没有任何的回应。最后，在电击设备上只剩下唯一的刻度，标记为"×××"的450伏的电压。你被告知按下这个最大电压值。

然后你照做了。

然而，你并不知道实验的角色早已固定分配好，你一定会拿到"老师"的角色，而"学习者"的扮演人其实是一名演员。他所有的反应都已事先设计好，无论是词组的出错情况还是抗议的尖叫声。这项实验与记忆力和学习能力都无关，它的目的就是要研究人们的反应。

心理学家斯坦利·米尔格拉姆当初设计这个实验时，他咨询的一些专家表示1000个人里至多有1个人会从头至尾安坐在座位上听从指示，因为学习者犯错而受到不断增强的电击刺激也会刺激到对方。然而当米尔格拉姆完成该项试验后，他发现82.5%的被测者在听到学习者的第一声痛苦的呻吟后，依旧会持续施加电击。绝大部分的被测人会安坐在座位上，逐渐将电压从15伏一直加到450伏。[1]

这个经典的实验被认为是对人们服从权威心理的一个警醒，但它实际上体现了被测者对于问题的服从心理。他们真正响应服从的是一个根深蒂固的想法，即如果不受到一些处罚或教训，人们就无法学会新事物。实验说明中并没有任何证据表明被测者仅仅因为他人的要求就可以折磨他人。他们伤害他人的原因在于他们被问题所诱惑——除非你使用这个训练方法，否则你的学生将无法学会新的内容。如果你现在不帮助他们，那么他们未来就会吃亏。

如今，我们已不再那么相信权威。然而，当圣克拉拉大学的一名研究人员重复米尔格拉姆的实验后，他居然得到了如出一辙的研究结果。②虽然我们的文化在不断进步，我们对权威的态度在不断改变，但实验的结果却分毫不差。为什么会如此？因为，就本质而言，该实验是用来测试人们应对问题的方式的。而多年来在这一点上人们并没有发生任何变化。我们对问题非常热衷，我们时刻准备着拥抱问题。我们对于一名学习者无法正确记住词组这个问题的兴趣丝毫不弱于50年前——因此我们持续不断地增强电压。

问题是如此令人振奋，以至于它能让我们抛开最基本的信念。米尔格拉姆的结论就是："普通人往往安分守己，对于旁人也没有特别的敌意。然而他们也能成为邪恶进程中的一个媒介。"

谁想要从问题中寻找力量？答案就是每个人。米尔格拉姆的实验表明，没有特定的人群——富人或穷人，学者或文盲——想要从问题中寻求力量，因为人人皆是如此。事实上，即使是那些看起来已经拥有极大权力的人也渴望从解决问题中寻找更多的力量。

假设一家公司有两种商品：产品A的销量很好，但是没有人喜欢它，人们购买它就好像出于责任；产品B的销量不如产品A，但是顾客都很喜欢和欣赏它，他们每天都会用到它并乐意再次回来买一些。

现在公司面临三个选择：公司可以继续生产这两种产品，因为它们都能让公司赢利；公司也可以专门生产产品B，因为未来有可能市场会更青睐顾客真正喜欢的产品；或者公司可以选第三个选项，即放弃产品B，坚持生产产品A。

如果当他们知道产品A在未来能不断改进，变成更好的产品时，会有人冒险将赌注押在这款目前无人喜欢的产品上吗？答案是"会"。全世界最大的消费品公司的首席执行官约翰·佩珀在1992年开拓咖啡市场时就是这样做的。

当时，宝洁公司有两个和咖啡有关的部门。一个部门经营咖啡流水线，将真空包装的福爵咖啡制成罐装销往美国消费市场。另一个部门则将烘焙招牌阿拉比卡咖啡豆供应给意大利的消费者和咖啡店。

佩珀认真研究了两个部门并决定廉价出售在意大利的部门。为什么？因为这个部门对他而言没有任何意义。它并不符合佩珀对于咖啡世界的理解。当佩珀宣布这个交易决定时，他轻蔑地将意大利称为"一个迥然不同"的咖啡市场。

他没说错。意大利的咖啡市场确实与众不同。当佩珀和他的团队每天清晨在俄亥俄州的辛辛那提醒来时，他们不会看到一大群人排队购买贵得离谱的咖啡。他们看不到一种新型的以咖啡文化为中心的社交空间。

他们看见的是人们在出门前会在家里喝一杯淡咖啡，他们发现人们在办公室会再喝一杯淡咖啡。如果人们在辛辛那提外出购买咖啡，他们会在熟食店买廉价的、品质不好的咖啡后离开，整个过程就好像是完成任务一样。不曾有一位顾客表示他们购买咖啡是每天生活中最开心的事。他们不会庆祝、歌颂或神化咖啡。他们只是大口喝下，然后继续手头的工作。

在意大利，宝洁公司提供的咖啡口感浓厚、价格昂贵，基本上难以被美国人认可。公司的很大一部分咖啡销售给当地咖啡店，意大利人在那里只为单纯地享受咖啡的美味。

佩珀经营的公司深谙肥皂、清洁用具等商品——这些都是人们完成日常基本事务所依赖和必需的产品。当他研究了两个经营咖啡的部门的运作情况后，发现在意大利的部门竟然在一家卖生活必需品的公司里卖起了奢侈品。在意大利的部门太格格不入了，它不符合整个公司的经营理念。佩珀不希望自己的公司里出现异类，因此他出售了在意大利经营咖啡的部门。

但正如研究人员巴顿·韦茨在他关于决定的研究中所指出的那样，这是一个将与众不同的事物看作一个问题而不是一笔财富的经典案例。对佩珀而言，这是一个"看起来不对"的问题——一个不甚熟悉的市场意味着陌生的产品需求，这似乎不仅仅是与公司整体的理念不契合，更会对你的整个生意造成危害。如同约翰·列侬的老师一样，佩珀对自己不熟悉的事物只能看见其负面影响，因此也无法去设想它的未来。

宣布出售消息的时候，佩珀强调了在意大利的部门的理念与总公司南辕北辙，并且对他们在美国的部门毫无作用。韦茨认为佩珀犯了一个大错，认为他缺乏足够的想象力。韦茨说："毫无疑问，当你在这里兜售冷冻后的福爵咖啡、在那里销售新鲜独特的阿拉比卡咖啡时，它们是两个完全不同的市场。但是多久之后会有人指出如果你为大众提供一杯高品质的咖啡，那么他们就愿意在商店门口排队购买它？多久之后会有人指出这两个市场会非常类似呢？"

这一切并没有花太多的时间。就在佩珀决定放弃在意大利的部门，不相信人们会喜欢自己公司生产的咖啡时，霍华德·舒尔茨开始着手打造星巴克咖啡帝国。舒尔茨从意大利咖啡的生意中得到了灵感，他注意到意式咖啡店不仅仅出售优质的咖啡，还提供了一份浪漫。人们的一天从咖啡店开始——随后他们会再来。日复一日，他们来了去，去了又来。他们在咖啡店里也创造了一些在其他任何场合都无法找到的独一无二的东西，那是一种感觉，一种既引人注目又舒适安逸的感觉。

早在霍华德·舒尔茨在意大利涉足咖啡产业的前十年，宝洁公司就已经开始生产意大利咖啡。宝洁拥有专业的知识、丰富的资源，甚至是咖啡豆。他们拥有一切打造未来的咖啡市场所必需的资源。然而他们并没有利用自己对意大利的了解来探索美国乃至全球市场，相反，他们靠自己的主观假设来判定美国市场，并将其他所有与众不同的事情都看成一个问题。他们研究意大利，发现奇怪的人喝奇怪的咖啡，并且不明白为什么会有人喜欢福爵以外的咖啡。在他们的咖啡帝国里，他们有人们喜欢的咖啡也有人们难以下咽的咖啡。而他们最终选择了人们难以下咽的咖啡，因为意大利咖啡并不适合公司的理念，而这就成了一个问题。

可以预见，市场渐渐地向着人们喜欢的咖啡倾斜。曾经，福爵一天的盈利额比星巴克一年的还多，然而现在星巴克的盈利额是福爵的十倍还多。宝洁公司在放弃了一个本能轻易占领的市场后，也很快将福爵咖啡抛售。而现如今宝洁公司已经彻底退出了咖啡市场。

在韦茨看来，教训显而易见。他认为："如果你发现自己视一件奇特的事情为一个问题，那么你最终将意识到这两者间的区别，并为之付出惨痛的代价。"

当人们要做出重大决定时，他们会通过问题来感受自己的重要性。但他们在外出游玩时居然也会落入这样的陷阱。事实上，试图从问题中获取权力的欲望能将一场本不会发生的战役彻底变为一场真正的社会战争。

克里斯蒂娜在介绍自己长期以来的爱好时说："我喜欢历史角色扮演游戏。正是那种全身心的投入深深地吸引着我。骏马奔驰，尘土飞扬。男士与女士间的对话90%都有别于日常生活的表达方式。你穿越时空，感受着不同的芳香，聆听着别样的声音，忘却了现实生活中自己的烦恼苦闷。"

虽然喜欢历史角色扮演的人通常都喜欢战争场面，但克里斯蒂娜最喜欢中西部边界上的生活。那里的人粗犷而随性，他们结束了冒险之旅来到美国的海岸，只为继续探索未知的土地，在这片新大陆上寻找属于他们的新世界。

虽然克里斯蒂娜很喜欢这个冒险故事，并且常常期盼着，哪怕只是一会儿，她能穿越时空来到该地，但她也不得不悲伤地承认没有人比重演者更渴望一场战斗。

她表示："你能拥有相同的着装，我的意思是拥有相同的纽扣。但是如果你的衣服太整洁的话，就会有人说你没有忠实于那个时代。你可以将一捆捆的稻草分发给整个村庄的村民，但又会有人说稻草在18世纪80年代还没有以这样的形状捆扎起来。"

她接着表示："不幸的是，这个爱好会让人变得狭隘和过于精英主义。你常常渴望去评价审判他人。每个人都认为有资格去评价你的每一个细节，就好像这里的每一个人都身兼选美和爱犬比赛的评委。"

如果参与者的扮演角色是拥有尊贵身份的人，那么情况将变得更糟糕。克里斯蒂娜悲伤地说："你告诉我有个人扮演将军的角色并让我小心。他觉得自己刚刚创建了这个世界。他们都觉得自己是将军，言行举止俨然就是一名将军。并且他们希望所有人在扮演游戏前、中、后都能听从他们的指挥。如果你试图给他们提意见，哦，愿上帝保佑你。下级是没资格提出也不会提出好主意的。"

除了有善辩、自傲的倾向，他们几乎所有的行为都极不严谨。克里斯蒂娜说："自我标榜的权威性在我们这些人物设定中泛滥成灾。它是否符合史实？由于没有可查阅的官方资料，所以我们会得出上千种不同的看法。"

历史角色扮演这种文化甚至会瞧不起那些被认为在某些方面有缺陷的人。她表示："我们将这类人称为'法尔布'。我们会说'快看那个正在打电话的法尔布'，它指这种一目了然的罪恶。但我们也会将一些太完美的人称为法尔布。"

"接下来你就会觉得，他是一个法尔布，她也是如此。每个人都是法尔布或散发着法尔布的气息。"然后无须时空穿越，就感觉克里斯蒂娜好像正穿戴滑稽地出现在仲裁法庭。

克里斯蒂娜非常欣赏追求准确的精神。她说："我尽我所能地阅读第一手的文献资料，我们应该要有一些标准来剔除那些荒谬的与史实不符的错误。但是如果你回到19世纪20年代之前，照片技术还不存在。不难想象即使你有一两幅记录历史的画作，但那时的画师们完全是将自己所见的内容付诸笔端，极大程度上是自由发挥。"

克里斯蒂娜希望她的同好们能不再轻视他人。她表示："没有人喜欢这种经历，也没有人真的能从中有所收获。我们应学会在不攻击和伤害彼此的情况下追求真实和精确。我们应对自己高标准严要求，而不是过分地追求精英主义。否则，这一切还有什么意义？"她随后又解释说："我的意思是，我们最终可能会忽略所有的历史、骏马、泥土和帐篷，而像高中时那样游手好闲、肆意辱骂对方而已。"

回顾与思考

因为老师将约翰·列侬视为一个问题，所以他们就迫切地希望自己的教学方法能适用于他——这名令人烦恼的学生。因为将它视为一个问题，所以人就无法从意大利咖啡市场中得到丝毫的启示，导致宝洁公司武断地认为自己的工厂化的咖啡是最好的。因为将他们视为一个问题，或在历史角色扮演者口中将他们称为法尔布，所以你的衣着、语言、干草堆在两相比较之下就显得更出色。当你追逐着每一个你能找到的问题，你就会觉得自己是不可或缺的，工作中的每时每刻你都必须在场。你把人们无法记住词组清单这事看成一个问题，因此你觉得自己可以对他们施加惩罚，帮助他们表现得更好。

只要手边一有问题，无论具体的内容是什么，我们就显得很重要。有问题，我们就会有结论。有问题，我们就要关注。因此，我们时刻追逐问题，为了让自己显得更强大。

我们对待问题如此热衷的事实，使得我们中82.5%的人会给他人造成肉体伤害，只为教会他们一些知识。

手头上一有问题，我们就好像在一间滑稽的屋子里对着镜子一边化妆一边打量自己。这样我们的形象好似显得更高大——但在他人看来，我们只是在把情况弄得更加糟糕。

两个方法：将问题放在它们该待的地方

*少一些欲望。*阿尔·弗兰肯进军喜剧界时遇到了一个大问题。他和自己的喜剧搭档汤姆·戴维斯都收到了一份梦寐以求的来自《周六夜现场》（*Saturday Night Live*）节目的工作邀请。制作人表示他很喜欢他们的表演，并希望同时雇用两人作为编剧。但是，作为一个创作团队，弗兰肯和戴维斯只能领一份作家的薪水——如果他们想要这份工作，他们每个人就只能得到一半的酬劳。这个问题所拥有的力量本应消散殆尽。被别人以半个人的态度来对待简直是种侮辱。但是弗兰肯认为如果能在这档节目工作将很可能彻底改变自己的职业生涯。他如今表示，多亏当时自己接受了那只有一半报酬的工作，他的职业生涯才能如此充满传奇色彩。这份宝贵的经历也帮助他从喜剧界走向了参议院。为了抵制问题的诱惑陷阱，不妨

在当下少一些欲望，即使你将饼干掰开拿到的是较小的一块。

欣赏一幅抽象画。我们不擅长处理模棱两可、具有极不确定性的事物。我们努力去反抗或逃避它。这让我们感到很无力。它使得我们在一个问题上匆忙地做出错误的决定，仅仅为了让自己感觉更强大。但是革命性的决定通常都是在控制和拥抱未知的不确定性和模糊性的情况下做出的。人们该怎么更好地处理它呢？尝试去欣赏一些抽象派的艺术作品。你可以去博物馆，翻开一本艺术类的书籍，或在网络上搜索它们。试着欣赏杰克逊·波洛克、弗兰克·斯特拉的或者任何一幅不知所云的抽象派画作。研究人员发现抽象艺术能激发一种不安、不确定和恐惧的反应。[3]但如果你能克服艺术作品给你带来的不安感且能克制自己想要逃避的冲动，那么你将发现自己更易于在日常生活中忍受未知的不确定性，而不是一味地将之视为问题。

小结

很多人会认为，只有不断地解决问题才能体现自己的能力。我们总是在制造问题与解决问题中寻求存在感，让别人感知自己的重要性。当有人或者事不在自己的理解范围内时，我们会变得困惑，希望将他们纳入自己的理解体系，结果往往是让人哭笑不得的。生活中，我们常常让自己很忙碌，服从权威或者从众，放大别人的问题……我们让自己太紧张了，我们努力让自己在问题中体现自我价值，却对他人造成了伤害。而事实上很多问题只是庸人自扰，这时候"断舍离"会是一个不错的方法。

努力使问题变得更糟 | 第四章

要是你总盯着一壶水看会怎样呢？它会煮沸吗？当然会。但这句话里暗藏生活的智慧。你在关注、焦虑和等待的时候，并不会对这壶水有任何哪怕是最细微的积极作用。你的努力完全是无用功。然而紧盯着水壶不放的确让等待水开的时间变得好似更加漫长，并且使你无法做任何一件有意义的事情。

当涉及水和壶的问题时我们都能明白这个道理，但是当对象换成其他事物后，我们就很容易将简单的道理抛在脑后。试着回想每一位教练曾告诫你的"再努力一点"和每一位老师曾告诫你的"再努力一点"。你的父母、老板，甚至是恋爱问答信箱都曾告诫你："再努力一点。"老祖宗的智慧结晶告诉我们成功和失败间的唯一区别就是努力的程度。

但是努力和激励使得我们全身心地关注手边的问题。然而紧盯着未煮沸的水壶并不能让它煮沸。将注意力集中到我们所碰到的问题上并不能解决问题。事实上，过度的努力和过强的自我激励，使得我们更容易感到挫败并难以长期坚持。

关注问题是一个事倍功半的不良习惯，但我们很多人都主动沾染上了它，因为问题实在是太诱惑人了。关注问题让我们觉得自己正在抵御一个重大的威胁，并且认为自己非常重要。然后，与问题的力量相伴随的是一个令人感到悲伤的事实，即我们最喜欢的解决方法往往使问题变得更糟糕。我们将问题浸泡在奇迹生长魔力水中，直至它们变至我们再也无力负担的地步。

这些糟糕透顶的解决方法里首当其冲的就是努力。

这并不意味着人们应该要放弃、永远不尝试、永远不努力。关键在于——在一个承受力仅仅为10的天平上你竭尽全力达到11，这必然会造成适得其反的效果——它会使我们的问题看起来变得更严重，而将我们的能力衬托得更微弱。

巴德·迈耶相信一名热心牧师对努力的解读。他说，努力能解决任何问题。

巴德·迈耶将这一哲学应用到自己作为化学工程师的工作中，应用到孩子的抚养教育中，其中就包括他的儿子厄本。

当厄本·迈耶在一场高中棒球比赛中被三振出局时，父亲对此深感失望。随后巴德告诉儿子他将不能乘坐家里的轿车。因此厄本·迈耶需要步行10英里才能到家。所幸的是，厄本在球队里是明星游击手，并不会经常被三振出局。在厄本高中临近结束的时候，职业棒球大联盟的球探都不停地找他商谈合约，认为他有潜力成为出色的棒球运动员。

高中毕业后，亚特兰大勇士队与厄本签约，并让他来到美国职业棒球新人联盟训练——美国职业棒球小联盟的最低水平。

在新人联盟，厄本·迈耶的表现不甚理想。勇士队让他尝试担任游击手、二垒手、三垒手，甚至是接球手，但无论队伍将他安排在哪个位置上，他都无法达到比赛水准，没有资格登场比赛。厄本—— 一个只有17岁的男孩在离家1200英里远的地方参加职业棒球小联盟的比赛——每天和巴德通电话时会难过地将比赛状况复述给父亲听。最后，厄本告诉父亲自己无法胜任比赛，他想放弃自己的棒球手梦想。

毫无疑问，对巴德而言失败是个大问题。而这个问题只能用努力来解决，没有别的秘诀。因此巴德告诉厄本如果他放弃，那么自己就不想再看到这个儿子——永远。迈耶家的大门从此以后再也不会欢迎他的到来。厄本每年圣诞节可以给自己的母亲打电话，但是巴德绝不会来接听他的电话。

厄本没有放弃。无论是训练流汗时、三振出局时，还是骑自行车赶赴比赛的间歇，父亲的话语都时刻在厄本脑海中回荡。当他在职业棒球小联盟出战两场比赛后——都是在新手联盟——勇士队悄无声息地与他解了约。他已不再是一名棒球运动员，但你不能因此就说他没有竭尽全力。

99%的高中棒球选手在赛场上打得没有厄本·迈耶好。再多的努力和羞耻心都无法让迈耶再进步那么一丝一毫，他已经尽力了。他已没有办法在职棒小联盟获得晋升，更别提奋斗到职棒大联盟。

但厄本并没有告别体育。在大学生橄榄球联赛打拼了四年时间后，他开始了自己的教练生涯，并最终成为大学生橄榄球联赛的顶尖教练，并带领佛罗里达大学两次问鼎全国冠军。

在厄本拿下第一个冠军奖杯后，巴德被问及如何看待自己儿子教练生涯的成功，他表示："我并不会说我对此有多么兴奋。他理应做出这番成绩。"

厄本并没有对父亲关于努力的狂热看法以及对自己苛刻的评价表示不满，相反他肯定了父亲的教育对他的成功所起到的积极作用。他通过了父亲的考验，现在父亲的家仍然欢迎他的到来。没有人能打败他了。

然而，恰恰是厄本无所不用其极的努力差点使他放弃体育。

在佛罗里达大学，厄本给队伍创立的最重要、最有价值的一项仪式就是胜利餐。仅在比赛获胜后，整个队伍会聚集在一起举办赛后的欢庆晚餐。饭桌前是巨大的电视屏幕，每台都回放着比赛的过程。晚餐是一种奖励、一次庆祝、一个增强队伍凝聚力的契机，也是一种手段，向队员们展示他们为之效力的球队——众志成城的一个集体，比单打独斗的个体要强大。队员都不敢不出席晚餐会——这是他们奋力比赛的目的和意义所在。

随着获胜的场数越来越多，厄本开始偶尔放弃一些胜利餐，这样他就会有更多的时间为接下来的比赛做准备。当他赢得第二个全国冠军后，他彻底不再出席胜利聚餐了。

几年后，他在前往办公室观看赛事录像的路上埋头快速解决胜利餐。当办公室的门被打开后，他吃惊于屋内安静、沉寂的气氛。当走进屋子里后，他终于知道如此安静的原因所在了。这间屋子几乎处于废弃状态，大部分的桌子都布满了灰尘。只有零星的几位运动员和两个助理教练在那边安静地吃晚餐。

他询问其他人的去向。体能教练最终不太情愿地吐露了实情。他告诉厄本自从他不再出席胜利聚餐后，绝大部分的球员也不再出席了。

厄本愧疚不已。借着努力工作提升球队的名义，他却在不经意间彻底破坏了自己在团队建设上的努力。他突然意识到完美的努力可能并不能收获完美的计划。用过度的努力去应对每一个问题可能要付出不可估量的代价。这是自从他被要求在高中那场棒球比赛后徒步走回家以来第一次去质疑努力的问题。在努力与成功之间除了笔直的等线外，是否可能存在别的东西呢？

短短几周内，心理上的担忧让位于一些更令人感到惊慌的事情。厄本躺在床上，几乎喘不过气来，他的胸部非常痛，他从床上滚了下来却始终无法重新站立起来。当他的妻子拨打911救护电话时，他觉得自己可能患了心脏病。

虽然他的症状让整个家庭都受到巨大的惊吓，但医生诊断认为他并没有患上心脏病。但每天20小时的工作加上过大的压力与不健康的生活习惯，的确让他的身体不堪重负。

厄本现在终于相信成为全美工作最努力的橄榄球教练不是一项成就，而是一种威胁。从此之后，他放弃了联赛里最具诱惑力的大合同，并宣布自己正式从教练岗位上退休。

当他有时间回顾自己的工作方式后，厄本开始相信他那种竭尽全力的努力伤害了他的团队、他自身和他最珍视的家庭。当他最终同意回归橄榄球——指导联盟中的领军球队——在俄亥俄州，他与他的家庭签订了一份协议。他同意在每周行程表上设定自己最多的工作时长和最少需陪伴家人的时间，他同意遵守各种注意事项来保护自己的身体和心理健康，并且发自内心地认为无穷无尽的努力并没有为球队带来胜利。

厄本引用了一段管理学手册中的文字："为什么人们坚持那些具有自我毁灭性的行为，却忽视他们多年来的所作所为并不能解决问题这个最显而易见的事实呢？他们认为自己应该投入更多的热情，就好像他们正在做一件对的事情，只是需要再多一些努力。"

当他引用这本书的内容并重新构想自己的工作方式时，父亲巴德的训诫声"再努力一点，否则你将不被这个家欢迎"变得越来越微弱。厄本意识到努力的代价是他要远赴佛罗里达工作，努力的代价是他的家庭几乎不能来到俄亥俄州，努力的代价是牺牲胜利餐和一份份其他的承诺。最终他认识到无限努力的精神会限制其他任何的事情。

厄本在告诫人们关于超过人类极限过度工作的危害时，打趣地说："这时应该贴出我的照片，因为我是最好的例证，这些情况在我身上都出现过。"

尽管名片上写着她是一名写作教练，但莎伦认为自己拥有多重身份：教练、老师、社工，也是心理学家。莎伦说："我就是那个当你要收拾残局时打电话求救的人。因为写作是你最不愿意做的事情。"

莎伦的客户倾向于把写作看成他们最难以完成的事情。她表示："他们会盯着空白屏幕或空白纸张，然后产生痛苦和绝望感。而这也成了拖延症最完美的催化剂。如果我仅仅用一分钟的时间去拜访那位从四年级开始30年未见的朋友，或者去检查烘干机中的粘毛器是否被拿走了，或是找人力资源部的人来检查我的报表是否更新完毕，这会有什么危害吗？"

当她的客户处于最糟糕的状态时，他们容易将每个他们需要写下的单词看成要举起的一块沉重的石头。"当他们举起石头后，甚至会不确定自己是否举起了那块正确的石头，或是担心石头能否立稳。如果一块石头跌落，那么所有的事情都会压在他们身上。"

莎伦面对着有不同需求的客户——撰写毕业论文的学生、需要熟悉某个领域的技术型人员、有抱负的小说家或纪实文学作家，他们的共同点——无论他们是要写人生第一篇500字的文章还是为了生计而写作——在她看来就是分配不均的注意力。

莎伦说："写作教学好像就是灌输写作标准。我们常说'这就是好的文章该有的样子'。现在，当你写作或尝试写作的时候，你的头脑中就会记住范例。"

这种写作的流程让每个人感到害怕，因为我们不可能满足范文的标准。莎伦接着说道："你越是努力、越是绞尽脑汁地回忆，你就越挫败。因为你在手头的这件事上投入了如此多的精力和时间，但你始终不觉得它符合范文的要求。"

这就好像我们的写作是由巴德·迈耶先生来教授，解决写作问题最根本的方法就是加倍付出努力。莎伦说："现在你更加努力了，但是问题也变得更糟糕了。"

莎伦的一位客户曾向她大吐苦水说自己因为顾忌太多写作的规则以致她坐在桌前一个句子都写不出来。莎伦认为，"这就是问题的核心所在。我们总认为我们在某件事上付出越多的努力，那么你就会对这件事情感到越熟悉和容易。但是你在写作上付出的努力越多，你只会感觉它变得越陌生和困难，因为当你学习了所有的规则和标准后，你会觉得每一个单词都显得不合时宜"。

莎伦在一本日记里面会记录一些不错的写作建议。在某页上，她用荧光笔画下了一段话，并在旁边做了星号标记。那段话里有引自《第五号屠宰场》（*Slaughterhouse-Five*）的作者库尔特·冯内古特的观点，冯内古特警告说："好的品味会让你一事无成。"

莎伦明白冯内古特是建议有潜力的作家在他们被灌输所有的好品味以及在最终被教育认为自己无法写作之前能主动退学。冯内古特很庆幸自己在大学里学的是科学和人类学专业，因此没有人教授他写作并让他觉得自己无法成为一名作家。

莎伦当然无法彻底抹去客户们已被灌输的内容。她的方法就是尽量让她的客户将写作当成游戏而不是一项任务。

莎伦解释说："我会和客户们围坐在一起，将纸和笔发给他们，并让他们随意写一些东西，内容可以是这支笔、这间屋子、自己的手掌或天气等非常容易想到或熟悉的事物。随后我会告诉他们不需要遵循任何的规则和标准。无论你们写什么内容，我都会揉成团并扔掉。"

莎伦是想要在这项练习中寻找到一样东西——她几乎每次都能找到。她说："我想要寻找微笑。我想要寻找一个突破口，能让他们自由地写作并享受写作。话题本身蕴藏着一些滑稽、荒谬的内容供他们写作，目的就是让他们愿意动笔去尝试。"

她的一系列写作练习，都着重强调写作并不等同于你的努力程度和你知道多少规则。"写作的时候，越自然、越怀平常心，就越容易。这同生活中其他重要的事物是一样的。"同厄本·迈耶最终对良好的工作习惯有了全新的看法一样，莎伦试图让客户能进入一种境界，即他们的努力是自然的、可承受的，而不是像一个机器人般漫无边际地叠加并最终超负荷。

当你在高尔夫比赛中想要迷惑另一个对手时，有一个老花招：在对方击球前，询问他们在挥杆时是吸气还是呼气，他们会表示不清楚。随后当他们挥杆时，他们就不会像先前那样自然地挥杆，而是满脑子想着该如何保持适当的呼吸。莎伦表示："这就是写作的核心。如果你不停地思考着细节，那么你将无法做好它。如果你一直想着写作，那么你就不是在写作了。如果我能使你真正进入写作，那么可以说，我就已经使你成为一个更好的写作者，成为一个能创作出自己钟爱内容的写作者。"

当你来到办公室想要学习时，你看到了一张桌子，上面除了一些类似于由木块制成的拼图、一套示意图和一些杂志外什么都没有。

你被告知需要将这个拼图拼好并摆成不同的形状，桌上有需要摆成的造型的示意图。练习了一次后，研究人员告知你他将在双向镜后观察你的表现，并记录你每拼一个形状所用的时间。

你用了些时间去琢磨拼图，但很快你知道了该如何拼第一个形状。然后第二个、第三个、第四个。在你完成四个不同的形状后，研究人员走了出来并告诉你即将完成任务，他需出去拿一张表格然后请你填写好就可以了。

当研究人员走出房门走下大厅后，你会做什么呢？你手上有这些木块和一些还未使用的示意图，你可以试着再拼出更多的形状，也可以百无聊赖地坐在原地，或者阅读在你身边众多杂志中的一本——《时代》周刊（*Time*）、《纽约客》（*The New Yorker*）或者是《花花公子》（*Playboy*）。

你不知道在镜子背后还有一名研究人员正观察着你。事实上，整个实验的目的就是观察你此刻的行为。你是否想要拼出更多的形状，或者你是否会忘却眼前的一切转而去看时政新闻、诙谐的卡通或者性感女郎的图片？

结果显示，选择看杂志的人群与继续拼图的人群间有一个重大的区别。如果研究人员告诉你如能成功地完成这些拼图你将得到报酬，在研究人员走出房间后你推倒拼图不再继续的可能性是原来的两倍。如果你事先就被告知是无偿地进行拼图游戏，那么你更有可能继续拼下去，即使你觉得房间里只剩你一个人而且拼图游戏已然结束。[①]

相同的结果在这个实验的惩罚版中得以再次体现。如果在规定的时间内无法拼出图形，那么参与者就将听到一声刺耳的汽笛声。在这种负面刺激下，当你完成任务后，你会快速推倒拼图转而阅读杂志。如果没有任何惩罚措施，你会愉快地试着拼出其他的形状，而《时代》周刊、《纽约客》和《花花公子》则安静地待在原地。

为什么清晰可见的激励无法使你充满兴趣地继续完成拼图游戏呢？爱德华·德西总结认为，在每个人的体内，有一种本能的兴趣从根本上指引着我们的注意力。当我们试图用外在的诱惑去改变这个内在的反应时，我们会得到与预期相反的作用。我们并不会因为这个诱惑而把事物看得更有趣、更重要。相反，我们会将它解读为一种无情的交易，这种交易让我们一有机会就想从中逃脱。

德西通过不同的方式来重复这个实验，并总是得出相同的结论。他好奇地想要知道这个模式的实验能否在拼图游戏和实验室之外同样得到验证，因此他在大学的报刊部进行了类似的实验。

除了报刊部的编辑，其他人都不知道实验的详情。德西手下的一位研究人员作为新的助理编辑加入报刊部。研究人员有一项任务，就是负责管理撰写头条新闻的学生团队。

此时，德西利用这份报纸每周发行两次的状况将学生分成两个小组。他决定第一组按照文章的数量支付报酬，而第二组则不会因额外的工作量而得到任何报酬。

结果正如同之前的拼图实验一样，大学校报的学生们拒绝了外在激励。尽管有额外的奖励，但第一组每小时的工作效率和整个工作量都少于第二组。[②]

德西总结认为，在"激励+更努力地工作=更好的结果"这一等式中存在致命的缺陷。那就是激励并不能使人更努力地工作，而更努力地工作并不能带来更好的结果。受控的头脑每一次都能击败最好的刺激和最努力的工作者。他认为控制是可持续的，而刺激和努力却是暂时的。

德西表示："永远不要低估一个被任务吸引的人所拥有的力量，也永远不要高估一个被任务激励的人所拥有的价值。无论你是带领一个团队还是想要自我激励——将它变成一个你想要完成的拼图，这样你能比预先设定的目标完成得更好。当你绞尽脑汁想出一个激励或惩罚措施，等你快速完成目标后你将不会跨出任何一步去超越终点线。"

对于米歇尔和埃里克而言，千里之堤溃于蚁穴——凡事皆是如此，他们几乎没有察觉到，他们15岁的儿子布兰登渐渐变得不值得信赖。他不再像之前那样主动去修剪草坪，你不得不再三命令他去完成。他表示昨天下午就已完成的数学三角函数作业到了第二天吃早餐时却还没有动笔。所以现在他一边急着弄懂余弦、正切函数，一边嚼着谷物麦片，弄得作业本上到处都是。

这远没到世界末日的地步，然而米歇尔和埃里克却为此深感忧虑。如果这种粗心变成一种生活方式，那么上大学还有什么意义呢？为了顺利毕业？为的是能有一个好的工作、好的未来？米歇尔说："你不希望自己反应过度，但是你很难不去担心如果他现在不愿意做这些简单的事情，那么等生活需要他完成困难的事情时，他该怎么办？"

因此米歇尔和埃里克制定了一个图表，分门别类地写着儿子需要完成的事物，包括常规家务劳动、学校作业、保持学习成绩和按时吃晚饭。如果他每周能完成这些要求，就会得到一些小的奖励，比如下载音乐的礼物卡。

他们希望这份图表能鼓励儿子好好表现，然而很快这份图表就变成了一张积分卡，就像一本账目记录着哪里做对了，哪里没做对。凭借这份图表，他们能非常容易地将一周的表现与下一周进行比较。他们并不知道爱德华·德西的研究曾表明他们想让事情变好的努力有可能会背道而驰，所以当他们看到那些数字，发现跟踪记录以及激励措施起到的是与预期相反的作用时，他们目瞪口呆。

埃里克说："你可以计算出每周的得分情况，它们并没有呈直线下降趋势，而是互相非常接近。如果我们的目标是让他不再做学校作业和学会拖延，似乎看起来取得了巨大的成功。"

埃里克感到很疑惑："他在想些什么呢？我们很难知道他的想法。当你问他是否打算要做一些事情时，他每次总说'是的'。当你问他是否明白我们的期望，他总是说'明白'。但之后却毫无行动。"

让米歇尔和埃里克感觉更困扰的是，布兰登开始无视规则了。米歇尔说："有一个周六晚上，他到家比我们约定的时间整整晚了四小时。时间可不是白白飞走的。"

同莎伦的学生和巴德·迈耶想的一样，米歇尔和埃里克认为如果一开始你没能成功，那么就要更加努力地去尝试。他们将自己计划的失败，看作需要加倍努力的佐证。因此他们提高了奖励并增加了惩罚措施。他们扩充了期望的清单，并延长了时间轴。如果没有完成一项任务，那么布兰登周六晚上就必须待在家里，或者他将失去一件电子产品，又或者暑期参加额外的SAT（美国学术能力评估测验，常被称为美国高考）的补习。如果能长期坚持下来完成足够的任务，那么他将得到一台iPad（平板电脑），或者到16岁时能获得一辆二手车。

令他们大感意外的是，新的奖励惩罚制度并没有比先前的方式起到更积极的效果。"我们试图将所有我们认为重要的东西——好的或坏的——都堆积在一起给他看，但结果表明我们做了无用功。"

埃里克认为："这一切看起来似乎非常不合理。我看待事物的方式是，当你想得到某件东西时，你必须完成A、B、C这三件事，因此你就会去做A、B、C这三件事。"

在与同样有处于青春期孩子的朋友交谈一番后，米歇尔和埃里克意识到他们俩并不是特例，很多父母都无法找到有效的方法去鼓励孩子们养成良好的行为举止。

米歇尔说："问题可能是异性缘、学习成绩、游戏等。这些问题多种多样，但结果往往都如出一辙。你设定了一些能够被接受的规矩，为了达成自己的预期目标你会给出某些奖励，然后你发现这一切都被孩子彻底无视。"

当米歇尔和布兰登偶然间在电视上看到一款切片机的广告后，米歇尔终于意识到他们的努力完全是徒劳的。米歇尔说："这款切片机能一次性将东西处理好，然后就能得到你想要的完美形状。随后布兰登就说：'我们应该买一台。'而我却说这款机器华而不实。他坚持说：'我们应该买一台。'然后我对自己说：'我们看到的不是同一个世界，我们的观念南辕北辙。'"

从那以后，米歇尔发现问题的症结在于他们设定的图表和激励措施。她说："我们都以为布兰登会像一名银行家那样衡量我们所给奖励的价值，然后做出自己的决定，但你不能用长期效益去吸引青少年，他们更关注短期的收益。"

她接着说："我们总结认为再多的施压也无法解决这个问题。"

图表被撤了下来，iPad奖励也被抛弃，米歇尔和埃里克采用了新的方法。他们不再竭尽全力去追求他们所期望的结果，这样的方法收到了回报。

米歇尔说："我们和布兰登促膝长谈，告诉他我们信赖他。于是我们告诉他一些没有商量余地、必须要履行的事情，然后我们又表示在一些事情上他有权自己决定。从那之后，一切开始往好的方向发展。"

在20世纪40年代，美国林业局的空降森林灭火队是一支精英团队，成员都是专业的探险家，时刻准备与火做斗争——不是水——依仗的仅仅是他们的智慧和最基本的装备。他们时刻准备跳上飞机展开救援——更确切地说——跳下飞机进入危险之处展开营救。

他们的任务就是尽快赶到现场，阻断火势蔓延的道路并避免火势扩大。以上就是他们去应对在蒙大拿荒地深处的曼恩古勒克附近由闪电引发的森林大火时的计划。

虽然当他们将无线电扔出机舱时无法与总部保持通信联系，外加降落伞不能顺利打开，但是队员只是把这些看成小小的挫折。他们认为这场大火的情况与他们描述的"十点钟火灾"非常相似。"十点钟火灾"的含义是火灾能在第二天早上被完全控制。事实上，他们降落后做的第一件事是打开各自的麻布袋，坐着享用午餐。

午餐过后，他们之前的设想立刻化为乌有。他们自认为是降落在了曼恩古勒克的安全区域，然而他们回过神时火势已经蔓延至峡谷。

扑灭火灾的计划迅速被取消，队长瓦格·道奇一声令下要求全员撤退。

野草长得太高。背负救火装备的队员们只能在两三英尺高的草丛中艰难行进，向着山丘缓慢地进发，但大火蔓延的速度比他们预想的快得多。

道奇意识到他们在背负装备的情况下无法赢得这场赛跑，因此他命令每位队员都放下自己的装备，但他的队员们却不愿如此，这违背了他们的信念。救火装备是他们身体的一部分，它们表明了自己是谁，为什么会在这里。背着这些工具，他们才是空降森林灭火员；没有这些装备，他们只是一群无助的观光者，出现在不该出现的地方。

就像那些不努力尝试就无法在圣诞节得到家人欢迎的男孩子一样，这些男人选择付出更多的努力，与大火赛跑，以寻找一个安全的地方。大火是一个"问题"，你需要全力以赴去面对这个问题。这是他们所知的对抗火灾的唯一方式。此时此刻，不允许有任何的软弱。

道奇迫切地想让自己固执的队员们不要与大火进行注定失败的赛跑，于是他又发出了一道新的命令。他们自己也要制造一场火。他们会点燃一小片区域——创造一个大火无法找到燃料的地方——随后他们会趴伏在这片区域，寄希望于真正的大火能从他们身旁略过。当灾厄来临时，这至少是一个渺茫的活命的机会，不像先前那样注定要被大火吞噬。

空降森林灭火员在训练时一直在学习极端环境下逃生的方法。在对抗大火时一个有效的策略是制造回火去控制自然火的方向，但在这次火情中，他们没有时间去制造回火——道奇的方案就是用火焰围成一小片逃生区域。

但是他的队员们全都反对这个方案，他们不相信放火是为了灭火。脑海中充满了能够想象得到的最大的激励，这些队员义无反顾地命令自己再努力一些。他们并没有将道奇的命令看作一种创造性的智慧，相反他们觉得他非常懦弱或者认为他一定是疯了。无论是哪种方案，队员们都觉得道奇已经无法清晰地思考，因此队员们也不再听从他的命令。

但道奇还是执行了自己的计划，在周围放了把火并清理出一块区域让自己躲藏。而他的队员们则抓起工具继续向前奔跑。

道奇的方法奏效了。大火从他身边擦身而过后，他从地上站了起来，那片区域早已没有可供燃烧的草木。他现在安全了，但是他的队员们在哪里呢？他开始寻找他们，最终15名队员中只有2人幸存。

现实生活中还有许多关于努力的让人心酸不已的例子。有时候，光靠努力是无用的，在方向不对的状况下，越努力反而越危险。他的队员们将大火看成需要尽最大的努力才能解决的问题，所以他们用尽每一分力气，尽可能快地移动，背着沉重的工具直到生命的尽头。他们尽己所能直到付出的努力摧毁了他们自己。

携带着灭火装备的空降森林灭火员们在向山丘攀登的路途中死亡，在紧要关口，那些装备对他们而言毫无用处。他们的死亡源自他们不想在抗击大火的战役中失败，坚持自己对于问题的理解而不是尝试一个适合当时状况的方法——他们的决定终结了他们的生命。如果无法冷静地看待和分析问题，那么再多的激励和努力，也只能起到相反的效果。

回顾与思考

毋庸置疑，我们会一直不停地追问，当我们遇到问题时，该怎么做？再努力一点。如果我们想要出人头地，该怎么做？增加赌注，创造激励政策，并全身心地关注问题。我们所做的这一切只会产生一个明显的作用：它使得我们的问题变得更严重。

空降森林灭火员的生命、厄本·迈耶的职业生涯都受到严重的威胁。所有竭尽全力的努力都变成一种障碍和威胁。努力导致莎伦的写作班学生陷于困境，让米歇尔和埃里克不明白为什么自己努力思考出的方法却只是让自己的孩子变得更不可靠。他们这些人的共同点就是：相信通往成功的捷径就是百分之百地努力。然而正如爱德华·德西的实验所显示的，被迫的努力每一次都比不上自发的好奇心。在没有外在激励的情况下，我们坚持一项挑战的可能性是有外在刺激的两倍。

竭尽全力地努力是傻瓜的自我安慰。我们耗尽一切心力，做出不理智的决定，依然无法完成任务。百分之百地努力听起来是一个令人欣慰的应对方式，但的确是一个错误的抉择。

我们都有过类似的经历。你的衬衫上有小污点——很细微，所以你几乎察觉不到，但这还是令人烦恼。可能最好的方法就是对它置之不理，但是如果你能去除它，那就再好不过。你试图用手指甲清除斑点，但发现没有效果。你又拿起纸巾蘸水去清除，现在污点变得更大了，污点彻底印染在衬衫上，没有办法将它清除。它不再如原先那样几乎不可见，现在被你弄成了一个巨大的黑点，旁人大老远就能注意到它的存在。你想尽一切办法，结果反而把事情弄得更糟。

我们想要去除这些污点却最终把问题变得更糟，这一事实是有其深层原因的。我们从小就被教育说要更加努力，对此也深信不疑，但它并不起作用。

两种方法：如何让收获多于付出

跳过练习。当某件事情很重要时，我们通常都想要准备得更充分、更彻底一些，但是不停地演习彩排，可能会局限我们看问题、做事情的角度，从而扼杀了无限的可能。这也是为什么布鲁斯·斯普林斯汀喜欢在自己的乐队完全熟悉曲目之前就进行歌曲录制。他表示："如果人们太过熟悉自己负责的部分，那么他们会有意识地去表演作秀而不是自然率真地展现音乐。"当他听说自己的乐队将在录音室现场灌录唱片时，虽然他们还没经过彩排，但他仍高兴地举起双手表示："这太棒了。如果乐队对这首歌的熟悉度但凡比现在好那么一点，结果只会更加糟糕。"

放慢速度。人们认为正确锻炼的唯一方法就是全速前进。事实上，研究人员发现我们高估了快速奔跑所能消耗的热量——并低估了慢跑所发挥的巨大作用。③遗憾的是，许多人因为自身跑不快而放弃运动，他们并不知道慢跑对他们的身体更有益。相同的逻辑同样适用于你做的任何事情。我们高估了速度在我们所做的每一件事情中的重要性——因为我们将速度等同于努力。然而匆忙使我们疲倦，让我们错失无限的可能性。最好的办法是试着放慢速度，随后去观察你能付出多少并从中收获多少。

小结

努力使问题变得更糟？当然不全是，但努力肯定不是最好的解决方法。"激励+努力=更好的结果"是个经常被误用的激励公式，事实上当你走入问题误区时，这样的做法只会适得其反，努力甚至会变成通向成功道路上的障碍和威胁，让问题变得更糟。正确地分析问题，放慢速度，边做边完善解决方法比一味蛮干要有效得多。

群体偏好扼杀
最优解

第五章

假设我们都决定乘车前往阿比林呢？

这是一代美国陆军军官看完一部军队管理训练视频后所面对的古怪问题。视频里，一家人在炎热的夏天围坐在门前。家庭成员们接二连三地抱怨："我觉得好无聊"，"我也觉得好无聊"。为了摆脱消沉的气氛，家人们决定前往公共汽车站。他们打算坐公共汽车前往阿比林。当他们到达车站后，他们中的一个人说："你知道吗，我真的不想去阿比林。"接着另一个人说："我也不想去，我以为你想去那里。"随后家庭成员都袒露了相同的想法。很显然，家庭中没有成员真的想去阿比林。

对于观看视频的军官而言，有些人已经被迫观看了好几遍。这个简短而又令人印象深刻的故事是用来警醒他们如何做出团队决策的。一群理性的人有时会做出愚蠢且不合理的决定。一群人可以一致同意一项他们作为独立个体时都不会赞成的决定。一群人的能力并不是所有成员能力的叠加，有时它可能比个体所拥有的能力还要少。

训练视频中的故事深深地印刻在那些军官的记忆里，每当他们看见有小组倾向于做出糟糕的决定时，他们的脑海中会立即闪现这个故事。事实上，他们只需说"我觉得我们都想要乘公共汽车去阿比林"这句话就能使战友们冷静下来。

在那些闪闪发光的诞生了许多重大决定的会议桌周围为什么要放置许多把

椅子？原因就在于：我们相信越多越好。我们从小就被这样教导。没有人告诉我们解决问题的方式是让尽可能少的人来做决定。

但是一群人也将遭受一个单独个体所面临的限制。如果个体容易将目光集中于问题本身而不是解决方法上，那么一群人也会有这样的特点。事实上，一群人的情况可能会更加糟糕，因为它集合了所有人对于问题的某个方面的关注，这使得问题变得更加复杂、更具破坏性。

正如弗雷德里克·布鲁克斯明确地警告计算机工业："为已经拖延的项目增派人手只会让它拖得更久。"这个事实适用于生活工作的方方面面。面对问题，你通过增派人手的方式是无法得出解决方法的。你会发现人越多问题就越多。

当凯瑟琳·博姆坎普还是高中生时，她会长时间待在沃尔特·里德陆军医疗中心的候诊区。当她的父亲，一名残疾的退伍军人在接受治疗时，她会与那些等待医生治疗的伤员聊天谈心。

她会询问他们的健康状况。她可不是为了听到那句"我很好"，相反她是想要知道他们真实的感受。她询问他们的伤情、康复情况、承受的痛苦经历以及急需的帮助。大部分人尽量避免询问他们的痛苦伤情，但是凯瑟琳选择了直接询问他们。

你必须足够勇敢地去询问这些问题，并毫不畏惧地去聆听他们的回答。她所面对的士兵刚刚从伊拉克和阿富汗的战争中回来，他们的伤情大多极为严重。通过让士兵们向她吐露他们所遭受的一切挣扎和困苦，她在心理和生理方面不断支持关心着他们，做得比她能想象到的更好。

这些经历令人心碎和动容。但在聆听了许多士兵们共同的担忧后，凯瑟琳想要为他们做更多的事情，而不仅仅是提供一双富有同情心的耳朵。她想知道自己究竟能做什么，来切实地帮助那些在战争中失去四肢的士兵，让他们的现状得到改变。这些士兵不约而同地反复对她提及：他们感到最痛苦、最恐惧、最困惑的问题就是幻肢痛。凯瑟琳表示："当他们告诉我自己的故事时，幻肢痛就会出现。"

我们的大脑会控制四肢。即使四肢被切除后，大脑仍然会继续发挥作用，发出信号来指挥早已不存在的四肢。由于指令失败，大脑会产生真实的疼痛感，试图再次连接早已不存在的四肢。

士兵们告诉她，医生对于幻肢痛的治疗手法就是给他们开些药物——抗精神病药和巴比妥类镇静药物。凯瑟琳从士兵的叙述以及自己查阅的相关资料中总结分析，她意识到虽然那些药物能缓解幻肢痛，但它们同时具有严重的副作用。抗精神病药物会使得许多士兵感到全身无力、昏昏欲睡，他们将面临更多的问题。而巴比妥类镇静药物会使士兵们形成对药物的依赖。

凯瑟琳说："这些士兵为了国家失去了健全的身体。我们非但没有去帮助他们，相反却让他们吃那些会给他们造成更多问题的药物。"

凯瑟琳不能理解这背后的基本逻辑。一名失去脚的士兵不需要一粒改变大脑与身体互动方式的药片——他需要的是一种能直接治愈伤处的治疗方式。

凯瑟琳不明白为什么如此迫切而又重要的苦恼会被置之不理，只得到如此随意的对待。她觉得一定存在更好的解决方法——它的益处多过副作用。为什么沃尔特·里德和其他治疗退伍士兵的医院的医生无法想出更好的治疗方法呢？大学里研究这一问题的研究人员在哪里呢？医疗器械公司在哪里呢？拥有200万士兵的军队情报部门又在哪里呢？当众多的士兵急需科学技术来渡过难关时，这些人为什么不能想出更好的治疗方法？毫无疑问，他们非常了解幻肢痛这种疾病。但是他们却无法找到这个问题的解决方法。

凯瑟琳无法理解为什么所有这些规模甚大的组织解决不了这个问题，她决定亲自来研究幻肢痛。她只是一名高中生，对于科学、医疗或者器械矫形学没有专门的了解和特别的兴趣。但她关心、在乎这些受伤的勇士，她也深信一定存在一个更好的办法。因此当她的同学们忙于研究火山模型和迷宫中的仓鼠时，凯瑟琳为她的高中科学竞赛准备的项目就是研究治疗幻肢痛。

凯瑟琳的方法的核心理念就是：分散注意力。她认为："如果我能以某种方式中断身体与断肢间的交流，转移它的注意力让它无法控制断肢，也许这样我就可能让疼痛感消失。"

凯瑟琳将分散注意力作为目标后，她很快关注到高温能吸引大脑的注意。她想知道一副灼热的假肢是否能使大脑将注意力全部集中于温度本身，而不再将信号传递到不存在的四肢上。

她用现成的工具临时组装了一个装置，并在一些她在军队医院认识的士兵身上进行了简单的测试。他们对凯瑟琳意图帮助他们这件事感到非常激动。而凯瑟琳看到积极的结果反馈时更加激动。

她决心将自己的想法尽可能完善，她向一所当地大学的教授们提出请求——为她开设一门电机工程的短期速成课。通过学习这门课程，她加紧步伐，快速地制造出了她的高温假肢模型。

在掌握了如何制造一个安全又耐用的加热设备的应用知识后，她需要一个真实的假肢来做实验，从而观察她是否能成功地将自己的理解变成一个现实的设备。她找到了一本关于生产假肢的公司的名册，并逐一给上面的公司打电话。他们是否能提供她一款假肢让她用于测试呢？他们是否有兴趣与她一起研究呢？还没等她介绍她做的研究、上过的课程、她的理论、最初的结果等信息，对方就迅速给予了否定的回答。当他们听到这个女孩不是从事该领域的专业人员甚至还未高中毕业时，他们觉得已经没必要再听下去了。凯瑟琳回忆说："许多人挂断了我的电话。"他们告诉她："这是不可行的，你还是个孩子，别浪费我的时间。"

当她最终找到一家愿意听她介绍的公司时，她已经有了自己的办法。从在高中时到如今上了大学，凯瑟琳一直在研究她的设备。测试的结果一直都很不错，并且她也拥有了专利申请书。她最新的版本已经能让用户通过智能手机来控制假肢的温度。

她的研究为她赢得了许多荣誉。她创办了生产设备的公司；她在英国皇家医学会在伦敦举办的创新峰会上发表了演说，也因此成为该学会邀请的最年轻的演讲人；当然，她也赢得了高中科学竞赛。她对这一切都心存感激。但更重要的是，她正在创造的产品能帮助那些她在沃尔特·里德医院结识的士兵。

讽刺的是，当时那么多经营假肢的公司否定了她的未来。但凯瑟琳却将这段经历当作人生重要的一课，她庆幸自己当时没有听从他们的判断。她现在经常跟自己那些身处创业阶段的学生说："当一家大公司告诉你不可能的时候，这并不意味着你是错的，它可能意味着你的想法太正确了，以至超出了他们可预见的范围。"

当罗伯特·莱奇正式成为美国劳工部部长后，他接管了一个拥有17000名雇员的部门、一项100亿美元的预算，以及一份份重任——包括确保工作环境的安全，为技术不合格者提供职业培训，执行工资、福利计划，以及负责其他所有的劳工法规。除了自己职责范围内的工作外，他还需要与政治环境做斗争，其中包括处理部门内部或外部遭受的政治挑战。总而言之，这是一份非常困难的任务。莱奇之前的身份是大学教授，主要负责教学和在办公室里撰写有关日本经济的研究成果，然而这并不会使得他现在的工作变得稍微容易一点。随后他走马上任，所依仗的不过是关于劳工市场的许多理论知识。除此之外，他对于运营管理劳工部和其他相关事务的处理没有丝毫的经验。

为了应对手头巨大的工作量，内阁部长都配备了私人团队来协助完成各项工作。

对于莱奇来说，作为劳工部部长开头几个月的工作就如同旋风一样。他在自己的部门内航行，接触部门负责的主要选区，在全国重大事件中发表演说，并开展一场场永无止境的战役去赢得总统的支持以争取更多他认为必要的预算项目。

工作中，莱奇感到疑惑的是没有人会询问他想如何度过这一天，他想去哪里，他想和谁说话。他很疑惑他每天做的演讲和其他事务是如何被安排进自己的日程表的。

莱奇打开对讲机召集了他的助理。他问道："你们是怎么知道要将什么内容安排在我的日程表上的？"

他们大吃一惊，他们以为他知道。但他们还是耐心地跟他解释。其中一个助理告诉他："如果您有时间亲自去检查一下所有的待办事情——从所有的电话、信件、留言板和会议邀请中进行筛选，那么我们就会根据您的选择来安排您的日程。"

他的团队成员以为莱奇能立刻明白这样行事的原因——一名内阁部长不可能用自己所有的时间来决定该如何支配自己的时间。这样会非常荒唐。

不过莱奇仍然很困惑，他们是如何知道自己会选择哪些事情来做的呢？

他们给出了华盛顿内部人士的完美回应："别担心，我们知道。"

莱奇很信任自己的团队。他相信他们都认同自己的核心价值观，并很乐于在劳工部工作。但令他大感吃惊的是他的团队在他周围制造了一个气泡。

莱奇后来表示："他们通过这个气泡将他们认为像我这样的人应该会选择的信件、电话、备忘录、人、会议及活动传递给我，但如果我看到的和听到的仅仅是'类似我这样的人'应该会看到和听到的事情，那么原创的或者与众不同的想法将永远无法进入这个气泡，我将永远不会感到意外或震惊，我也将永远无法鞭策自己重新思考和评估任何的事物。我只能缓慢行动，充满喜悦地忽视那些我真正需要看、需要听的内容——这些事情往往与我对这个世界的看法大相径庭。"

然而他的团队对于他的担忧无动于衷。这五位气泡守护者告诉他这个气泡能保护他免于和那些会浪费他时间、令他烦恼、对他不怀好意的人接触。

　　他的团队展现的问题对于他而言都是非常重要的。他们守护着他的时间，他们想要确保他在这些工作时间里是愉快的。但是莱奇却清晰地看到了他们的计划背后的缺陷。如果他在工作时间里总是很愉快，那么他将永远无法完成或者解决任何事情，因为他根本没有机会接触到麻烦的事物。莱奇告诉团队的成员，如果他们正在养育一个两岁的婴儿，那么确保他只能看到美好事物的态度和信念是值得肯定和赞扬的，但是他们现在是在为劳工部工作。

　　当凯瑟琳·博姆坎普必须抵挡住那些反对她的想法的群体意见时，罗伯特·莱奇面对的群体则有着相反的目的，他的小组成员只提供给他好的回应。但无论是何种方式，这种闭塞都将隔绝信息源并关闭通往潜在的全新的解决方法的道路。

　　莱奇知道他无法在一间回声室里获得真正的领导权，于是他出台了一项新的规定。

　　他告诉自己的团队，从现在开始，他除了要阅读那些充满褒奖之声的信件外，同时也想看到"卑劣的、想要痛揍一顿的信件"。他也希望能听到劳工部雇员们的投诉。他希望能在第一时间被告知坏消息并召开一系列公开会议，使得劳工部所服务的所有对象能提问、了解任何他们想从他身上得到的信息。除此之外，他希望每周都能在日程表上看见商界领袖和企业组织的出现。他们几乎肯定会对莱奇说他做错了，但是莱奇希望听到这些，同时他也希望看看自己能否改变一些人的想法。

你上楼的时候看到有八个人在走廊随意走动、等待，你在这些人中间站了一分钟。

随后研究人员出现并打开了房门，让每个人都找位子坐下。屋子里的位子正好供所有人就座。很快剩下唯一一个给你的位子，位于屋子里的倒数第二个。

研究人员解释了这个实验，他说这是一项关于视觉感知的研究。小组里的每一个人都将观看同样的事物，并且需要大声回答所有的问题。

研究人员告诉大家，在房间的前面有两个布告栏。左边的布告栏上有一条直线。右边的有三条直线，分别标示为直线1、直线2和直线3（如果左边的直线长8英寸，那么右边的三条直线长分别为6.25英寸、8英寸和6.75英寸）。参加测试的人将被逐一询问右边布告栏上三条直线中哪一条的长度与左边的直线相同。

随后研究人员带领你们组做了一次示范。整个实验显得非常简单。

示范之后，研究人员换上了一副新的卡片。每个人都要回答，研究人员将答案记录在案，这个流程不断重复，直至每个人都回答完毕。每次坐在第一把椅子上的人都会最先回答，坐第二把椅子的人第二个回答，以此类推，直到坐在第七把椅子上的你第七个回答。一切都非常简单、明确。

但是三轮过后，事情发生了些变化。似乎右边的第二条线的长度才与左边的直线相同。但是第一个座位上的人回答是"第一条线"，他回答得毫不犹豫、坚定不移。很显然他是错的，但是似乎没有人注意到，没有人朝他看，研究人员甚至一点反应也没有。

随后第二个座位上的人回答说"第一条线"。再一次没有人提出任何异议。

第三个人毫不犹豫地说"第一条线"。随后是第四个、第五个、第六个。

现在轮到你了。第二条线才是与左边一样长的，不是吗？但为什么每个人都说是第一条线呢？难道是出现了幻觉？你是不是从一个奇怪的角度来审视这条直线了，或者是他们这样？是你眼睛出问题了吗，还是他们比你看得更清楚？他们都说是"第一条线"。他们不可能都出错吧，对不对？

你停顿了。你不安地笑了笑，这是一种"我不知道该怎么办"的笑容。你将脸埋在手掌里，随后你环视四周，皱了皱眉。你有没有听漏一个回答？你是否说了自己的想法或者是其他每个人的想法？如果你给出了不同的答案，他们会对你生气吗？研究人员是否会认为你是唯一一个不能正确回答问题的人？你是否会把这项研究搞砸？

然后，与该情境下3/4的人的反应一样，你吞吞吐吐地说"第一条线"。你有意地选择了错误的答案。你放弃了自己看见的事实而选择了与群体一致的回答。

而这正是所罗门·阿施设计该研究时想要看到的结果。[①]你是否会陈述一个"简单又明了的事实"，或者你是否会跟随组内其他成员最终选择那个错误的回答？

因为你不知道其实组内其他的成员都事先被告知要给予相同的错误回答。这并不是一项关于感觉、角度或视力的测试。他们故意给出错误的回答来观察你随后的反应。

阿施这项研究基于一个非常简单且明确的事实，目的是去验证群体一致性的力量。我们不仅仅会对群体里有争议性的想法或错误的论断产生动摇，而且我们也可能会最终听从群体一致的意见，即使那是一个显而易见的错误判断。

在阿施的研究里，3/4的被测试者至少有一次会听从组内错误的回答，这个数字引人深思。阿施之后询问他们在给出错误回答时内心的活动，他们给出的回答也同样发人深省。

许多人表达了对群体完全服从的态度。有个人说："如果九个人中有八个人与我的意见不同，那么他们一定是正确的。"

其他人觉得群体的意见很明显是错误的，但是又缺乏足够的自信去坚持自己的判断。有一个被测试者表示："我很确定他们是错的，但是我不确定自己是对的。"另一个人说："不是这些人疯了就是我疯了——我无法下定决心来做出判断。"

令人感到最吃惊的回答里有一则心理暗示，他觉得组内成员都被欺骗了，而他对于自己没有被欺骗感到非常失望。他解释说："很可能这是一个其他人都感知到而我没有察觉到的视错觉现象。那样看来如果我不能出现他们拥有的错觉，我似乎就是有缺陷的。"

即使知道这个群体是暂时的、整个背景是非自然甚至有点荒谬的，以及群体意见明显是错误的这些事实，这些人还是迫切地想要合群，因此他们会迫使自己去看见群体所看见的事物。有一个人将自己内心的挣扎描述为：在想要诚实、想要显得很聪明和想要合群之间不停地摇摆。"可以说，我希望成为他们中的一员，所以我尽力将他们的答案看成正确的，但是收效甚微。因为事实上，确实是我认为的那条线才是正确答案。"

最终，他们看待群体答案的对错观点已经不再重要，因为群体的答案比事实更有威力。正如一个人所指出的："如果他们是错的，那么我也是错的。"

阿施所要表达的就是在任务中增加人手，会使得原本一目了然的事情变得不再清晰，它使得简单的事情变得复杂。一个人时，每个人都能辨认出那条相同的直线并给出正确答案。而身处群体之中，正确答案有时会显得难以捉摸，但大部分时间里这都显得无关紧要。群体最大的作用——正如生产假肢的公司的领导对凯瑟琳·博姆坎普的行为以及罗伯特·莱奇的助手们对他的行为所展现的——就是限制你本来能清晰地看到的事物。

丹·斯科托的工作是充分了解各大能源企业并给他的客户提出投资建议。作为公司研究部的负责人，他需要找出一切他能找到的有关这些能源企业的动向以及具体表现情况。随后，他就像一个仲裁人——虽然不参与比赛但依旧会影响比赛的结果，要做出最终的判断。很显然，他需要综合自己的分析给出投资或不投资的建议。

丹独自完成最基本的分析工作。他不用像罗伯特·莱奇那样担心会有更大的团队只告诉自己好消息，也不用担忧会遭受凯瑟琳·博姆坎普那种还没说完就被人拒绝的经历。

就像他之前上千次的工作一样，在2001年8月中旬，丹收集了一堆他需要的金融信息，准备为一家能源公司——安然公司，写一份评估报告。他所看到的情况不容乐观。该公司的领导层非常混乱，他们公司的收购行为是失败的，而核心业务部没有足够的决断力，显得非常疲软。更为糟糕的是，公司的资产负债表竟然没有"通过测试"。简而言之，这家公司没有足够的资金来支撑它的债务和义务。这个问题非常严重，因为"这家公司没有硬资产。它完全是靠举债经营，是只纸老虎"。换句话说，当这个公司没有资金支持时，它会很快解体破产。

丹为安然公司提供的报告题为——《压力空前，无路可走》（*All Stressed-up and No Place to Go*）——它警告投资者，提醒他们注意这家当时每股拥有35美元市值的公司。丹那时还不知道这家公司的报表作假——包括公司的会计和公司外的任何一个人都不知情——但是丹已经发现公司的基本面不对劲，而这个问题一定会爆发。

唯恐自己专业、客观的分析报告中的重要信息被投资团体们忽略，丹特地在随后的电话会议中概述了他的分析结果。谈到安然公司时，他说："应该不惜一切代价卖掉它，立刻就卖。"

丹作为华尔街身经百战的资深从业人员，是一名备受推崇的分析师。事实上，商业出版物《机构投资者》（*Institutional Investor*）连续九年提名其为全明星分析师团队中的一员。

在丹的报告发布三个月后，他的分析被证实为完全正确。安然每股股价从丹发表警示报告时的35美元，到现在已经是一文不值了。听取丹建议的投资者避免了成百上千万美元，甚至是几十亿美元的损失。这种预见性的例子就是华尔街工作的最好写照。在从业30多年后，丹现在仍旧会将这次对安然的评估报告的写作经历写在简历的第一行。

丹的雇主是如何回应这份他职业生涯里最精彩的报告的？在丹发布报告三天后，他的老板告诉他不得进入办公室。他们一开始让他带薪休假，然后他被告知立刻回家"冷静一下"，好好思考问题。随后，他的老板宣布休假结束，他被解雇了。对于丹关于安然公司的报告，老板的回复很简单："我们认为这不是一份出色的或者说合理的分析报告。"

整件事就是大群体做出不合理决定的经典案例。丹说："我看到了这些数据，然后基于我所看见的情况做出了分析报告。但是当这份报告被公司同人浏览后，觉得会有投资银行家和公司高层人士认为安然不会再与我们公司合作，如果这份报告发布出去，我们再也无法从安然公司身上赚钱。"

对丹而言，这就是安然存在的问题最核心的地方。安然发行了太多的债务——为投资银行和咨询顾问提供了巨大的利润——但是它的账目是空白的。没有资金来支持这额外的债务，而目前的债务负荷即将达到极限。

丹的公司由于只关注如何从安然身上获取未来的收益，因此他们就忽略了丹其实已经为他们提供了一个有价值的解决方法这个重要的事实。丹不仅能拯救他们，使他们不用浪费时间费劲讨好一家没有未来的企业，他还提供了他们公司无价的公信力，让他们成为第一家警醒大众防范安然公司危机的公司。

丹说："相反，我的老板们竟然想从安然身上赚更多的钱。毫无疑问，这一切都成了幻想。这就好像大家排队想把新的躺椅卖给泰坦尼克号。我可以预见未来，我可以告诉他们一切。但是办公桌周围围着一群人，他们都只关注着自己关心的那一小部分问题。我的报告不再是一份富有洞察力的警示，相反它变成了一份具有煽动性的将给公司的生意造成巨大损失的垃圾。"

不出意料，这次经历鼓励丹开启了新的人生历程。他创办了自己的小型金融咨询公司。他的新公司的业务只专注于分析。丹说："公司里没有专门将麻烦的调研过滤删去的部门，公司里也没有明知自己的判断是正确的却做出相反决策的部门。公司只负责分析。报告上就是我们的观点，不会多，也不会少。"

回首往昔，约尔丹一定会承认整个想法就是一条导火索。她无奈地问道："你该如何才能满足那些期待？按道理说，这是你所有梦想都成真的一天。每件事情都必须尽善尽美，每一件事情。你是灰姑娘，而你的白马王子就在身边。在这个版本中，你所有的朋友和家庭成员都是完美无缺的，没有邪恶的继母，而马车也不会变成南瓜。"

不幸的是，约尔丹和艾伦的婚礼并不是一个梦想成真的童话故事。

约尔丹期待着一些适度但又非常梦幻的事情发生。但很快她就意识到这一切都是幻想。

艾伦的父母邀请约尔丹的父母共进晚餐来庆祝两家结亲，并商谈自己该如何帮助配合整个婚礼事宜。然而他们的态度不是非常友善。约尔丹的母亲把自己看作整场婚礼的首席执行官，但是现在她甚至还没开口表达自己的想法，亲家就不停地说不。在约尔丹的说服下，她母亲只得表示欢迎他们的帮助。出乎意料的是，约尔丹的父亲竟然也表达了对婚礼策划的兴趣，虽然约尔丹很怀疑她父亲只关心婚礼不要在橄榄球比赛期间举行就好。

接着约尔丹和艾伦各自的姐妹也表达了相同的兴趣。当然他们也参与了讨论。

相反，婚礼真正的主角约尔丹和艾伦被彻底地遗忘了。他们觉得必须要提醒一下自发任命的婚礼委员会成员一个事实，即他们才是整件事的主角。

这群人也只在这一件事上持有相同的意见。订婚宴、新娘送礼会、时间、地点、参加者人数、婚礼前宾客们怎么安排、欢迎会、午餐会，其他。这些都是争论的内容。

随着事情越来越多，约尔丹感觉事情的发展方向离她的预期越来越远。

约尔丹无奈地表示："这理应是属于我的一天，但现在这一天已不属于我，并且早已不再是一天的事情。"

更大的问题还在后面。每个小细节都会引发争论。约尔丹的母亲希望整个宴会是传统的古典风格，她认为这很典雅、高贵，并且约尔丹也对古董深感兴趣。艾伦的姐姐提出要弄成现代的，约尔丹和艾伦都从事科技领域的工作，她认为婚礼的风格应该符合他俩的背景。

最终的妥协没有让任何一个人舒展眉头。巨大的婚礼蛋糕就好像它来自不太遥远的未来。

随后是乐队。约尔丹提议了一支她喜欢的当地爵士乐队。约尔丹的妈妈选了由七个成员组成的当代乐队，她表示他们的曲目更广泛，她想要更活泼的气氛。约尔丹表示爵士是生活的音乐。她们两人由此又展开了一场争论，直到达成了另一个不能令人感到满意的妥协——她们同时雇用两支乐队。

由于陷入了如何将一切都变得完美的问题，婚礼委员会的成员们把每一件事情都变得复杂。现在，这场婚礼已不再是灰姑娘的故事，相反它更像是一个拥有两个脑袋的怪物的复仇记。

他们觉得这场婚礼太混乱不堪了，可比这更糟糕的是他们觉得自己被伤害了。每一个人都觉得有些重要的事情出了差错，因为他们并没能按照自己的意愿来行事。

尽管有这些挫折和小的争吵，对于约尔丹和艾伦而言，这仍然是美好的一天。不过，约尔丹对于即将结婚的朋友们有一句忠告："私奔吧！"

回顾与思考

当你面临一个难题时，你会寻求帮助。我们总是相信没有我们解决不了的问题，只要我们能召集足够多的人来对付它。

但你叫来的第2个、第5个、第10个、第15个人真正为这个问题增加了些什么东西呢？他们增加了混乱，增加了一重过滤系统让你无法得到及时的信息，他们甚至在问题前面增加了一重更加有力的障碍物让你难以找到解决方法。

罗伯特·莱奇、丹·斯科托、凯瑟琳·博姆坎普和约尔丹都受到过群体决策制定内在缺陷的挫折。丹和凯瑟琳不得不去应对群体对他们想法的否定，因为群体无法立即审视摆在他们面前的问题。罗伯特·莱奇和约尔丹周围有一群想要让他们开心的人，但是如何让他们开心这个问题却导致了同样不合理的决定。

当75%的人为了遵从群体的偏好而选择给出明显错误的回答时，我们就没有理由去相信"更多的人能得出更好的答案"这一假设。

设想有20位艺术家可供你支配。他们都会画一幅画。20位艺术家并不是画20幅不同的画，他们会通过讨论共同完成一幅画。你知道你最终将得到什么样的画吗？你什么都看不出来，一片混乱。一位艺术家的想法被画出来后就会立刻打破另一位的想法。最终，你得到的那副画远不如任何一位艺术家独自完成的作品。

两种方法：战胜一群人

与自己比赛。你正独自完成一项非常困难的任务。你想要更多元的好主意，但你只是一个人，只有一个角度来审视事情。一场与自我的比赛能够帮助你获得多元化的想法，并且帮助你从多种有利角度来完成任务。[②]你可以将早晨得出的最佳想法与下午的最佳想法相比较，将午餐时得出的最佳想法与在办公室得出的最佳想法相比较。只要内容——时间、地点等——有所不同，你的思维过程就会有所不同，那么你就能成为自己那些新颖想法的来源。

给你那位染紫色头发的朋友打电话。当我们向他人寻求意见时，我们倾向于听从那些与我们相似的人。这意味着我们听从的人往往看待事物的角度同我们高度一致，而他们往往最不可能提供有效的方法来帮助我们解决问题。社会学家马丁·吕夫发现创新行业内的企业家倾向于拥有一个更多元化的朋友圈。[③]那些在商业生意中更加顺从但也不那么成功的人，更倾向于与和他们相似的人相处。当你提出一个问题时，你并不需要得到一个回声。相反，应当试着与那些拥有与众不同的想法的人进行一场交流。

小结

古谚说：人多好办事。当我们遇到难以解决的问题时，我们也会优先想到集思广益，可是结果却往往让我们大跌眼镜，我们甚至会抱怨为什么产生了这么奇葩的结论。在平衡大家的想法时，必然会重置个人的期望值，但这种均衡的达成却破坏了最佳效用的达成，群体偏好趋向明显错误的答案，小问题因为注意力的极大分散变得拖沓难解，这时不断在纵向上自我提升也许更有助于寻求解决之道。

过度自信会
坑了你

第六章

要是你驾驶车辆的时候迷路了该怎么办？什么将造成你最大的困扰？不是健忘或疲劳，答案是自信。

自信的迷路的人坚信他能够解决整件事情。他不会寻找错误的原因，也不会靠边停车确定自己的方位，更不会想着去寻求帮助。自信的迷路的人不会原路返回，他会一直往前开。

自信的迷路的人不会往回看，他继续驾驶的原因在于他不能浪费时间。他认为越早执行自己的计划，他就能越早到达目的地。他不会疑惑为什么本该在左边的地标出现在了右边，他也不会追问自己为什么会两次开过同一座大桥。自信的迷路的人会沿着错误的道路一直开到尽头。

我们将自信看作我们能力和成功的天然产物。我们将自信视为珍贵的资源，帮助我们将每一件事情做得更好。但是我们在做任何事情的时候，无论它对错与否，我们都会展现自信。当自信挡在提出问题的过程中时，它不再推动我们向前，相反它会束缚住我们前进的脚步。

戴安·拉维奇是一名教育政策方面的专家，她将现代美国教育改革运动和学校测试优先的方法看作："一辆货运车迎面驶来，我站在轨道上大声喊'你的方向错了！'"拉维奇将这些进行如此有趣的比喻是因为她曾经就在那列火车上，大声疾呼"开得再快些"。

在20世纪90年代早期，作为美国教育部第二号人物，拉维奇帮助领导了一项革命。多年来她一直是一名调研和观察教育政策的研究人员，突然她就成为政策的制定者，她绝不会浪费宝贵的机遇只进行一些小打小闹的改变。她想要推行一个全新的理念体系，内容涉及我们如何看待学校，我们如何评估和奖励它们，我们该如何向领头羊发出挑战，如何提升垫底者。简而言之，她希望能找寻方法让学校将每一件事情做得更好。即使离任后，她依旧投身于该项任务，帮助实施她的改革。拉维奇是两个主要的教育智囊团中的中坚力量，她还帮助成立了一个机构去评估在由她帮助推行的教育改革下所产生的所有测试。

拉维奇很清楚自己的工作。问题就出在这个不标准的教育系统，它无法得到任何改善。解决问题的关键用一个词就能回答：标准。

她相信："标准一直代表着好的事情。如果我们将各处的标准提高，那么每个人都能受益。当我们提高了标准，我们将大范围地使处于垫底状态的学校得到大幅调整。对于那些处于落后状态的学校，原地踏步将不再

103

被接受。"

拉维奇和她团队倡导的理念得到了极为强烈的反对。专家和教育工作者指责她目光短浅——忽视学校做出的绝大部分工作而仅仅去评估教育中最小的一部分。批评家指出她和她的支持者相信标准拥有近乎神奇的魔力。他们表示，如果你所需要的仅仅就是高标准，那么每个地方的每个组织仅仅靠提升它们的标准就能变得更好。他们断言这种想法太荒谬了。

拉维奇对于这些批评的回应是别躲藏在你的话语背后，别在你的桌子后面畏缩。

她表示："坦白说，我认为他们是害怕测验。"无论是老师、学校管理者或者政策制定者，在拉维奇看来，"他们害怕我们把他们的教学行为和成果暴露在阳光下，他们担心被公众得知他们误人子弟的行为"。

她是否怀疑过自己的改革方向？没有。她的改革方向的正确性是很显而易见的。她认识的每一个人都对她说她是对的。拉维奇说："你的周围全是跟你持相同看法的人。多年来你的朋友圈都是同意你并对你所做的事情表示祝贺的人。在这种环境下很少会有事后批评的环节出现。"

她对工作方向百分之百的自信非常激励人心。她每天都全速前行，不断推进自己的工作。她知道自己是正确的，至少，直到她失败前她都坚信自己是正确的。

当拉维奇仔细审视自己推行的改革效果时，她开始产生了疑问。她本希望教育可以迎来一个新纪元，通过激励措施让学校教得更多也更好。然而她现在看到的却是一个全新的蛮横教育：应试教育。

拉维奇说："我们创造了一个体系，在这个体系里史密斯老师准备教授的唯一内容就是考试的内容。"

结果对于拉维奇来说充满苦涩的讽刺。她表示："我们尽力想要去显示课堂上老师对于学生的学习是多么重要，却忽视了教师真正教学的能力。"

事实上，她认为她的改革将课堂教学中最有价值的部分都给摒弃了，相反带来的却是一些无用的技能。她意识到："我们将教育体系改造成一种追求'正确答案'的方法。但是现实的生活并非如此。我们太过于注重从四个选项中选出那个正确项，然而这显然并不是一个有价值的技能。你不可能凭借这项技能来找到工作并得到报酬。"

改变方向的过程总是非常艰辛，但除此之外拉维奇看不到别的出路。她帮助推动了一项运动，这项运动在今天的她看来只是风靡一时，缺乏足够的理论支持，并且对我们的孩子造成了危害。那些政策有着致命的缺陷，她现在必须引领一场新的战斗来抵抗自己曾经的想法。

拉维奇用了大量的时间思考她怎么做到坚持不懈地去推行那项错误的政策。她意识到以往作为研究人员时具备的怀疑精神，在她作为决策制定者的那个阶段消失了。

拉维奇说："我当时太兴奋、太激动了。我总是寻找潜藏的问题、未明确说明的设想，以及任何预期外的后果。出现在我办公桌上的提案，20份里有19份会被我否决，仅仅因为我认为其准备不充分。不过我是如此地相信自己、相信与我共事的人、相信我们的核心理念，以至于我忘记用带有坚定的怀疑精神的双眼去质疑这所有的一切。"

拉维奇现在已经离任了。她没有权力去撤销她所做的一切，只能去质疑它。但是她和新的同盟者站在一起——这些人正是曾经对她威胁最大的批评家。她表示："他们对我而言意义非凡，包括那些我曾经质疑过他们的动机的人。实际上，如果当时我能在第一时间就思考他们的批评意见，我可以为我们的孩子做一些更好的事情。"

1953年，一个大联盟男子篮球队主教练的平均收入竟然与高中老师的工资一样多，戴安·拉维奇对此深感忧虑。如今，几乎每一个大联盟运动队的主教练每个季度的收入都超过100万美元，许多人的收入甚至是这个数字的好几倍。

在1953年，教练们肩负着几乎运营一支球队所需承担的一切责任。不像他们现在的后继者，当时的他们可没配备四名全职的助理教练、一名力量教练、一名营养师，以及一名技术指导。

意料之内的是当时的教练不会将自己看作掌控比赛的大师，媒体也不会满足助长这种过度的自我膨胀。那时也没有几十亿美元的电视转播合同将NCAA（全美大学体育协会）比赛的每一秒钟都播放给大众，教练在1953年费尽心力带领球队最终进入冠亚军决赛，然而这场最重要的比赛甚至不会被国家电视台转播。

在过去的60年间，随着大学教练们地位的水涨船高，一个有趣的现象也随之出现——球队在篮球场上的表现越来越差！在2012年的一场乔治敦对抗田纳西的篮球比赛的终场哨音响起时，两个队伍的得分都没有到40分。在2013年的一场中部分区的比赛中，一支球队在半场总共只得了4分。最后的统计显示：2013年，男子大学生篮球队平均每场的总得分少于1953年，比历年任何一个赛季的数据都少。

这怎么可能？如果你给教练的酬劳越多，如果你将他们的工作一直暴露在电视的闪光灯下，如果你将篮球场或体育馆以他们的名字命名，他们一定会在工作上表现得越好，难道不是吗？

事实上，他们主要看到的是自己多么优秀和重要。而优秀和重要的人必须在正发生的事情中有自己的一席之地。商学院的人会将之称为"领导的浪漫"。我们觉得领袖是积极而忙碌的。所以当我们拥有了重要的领导地位时，我们做得越多，我们给自己的评价就越高，我们就越信任自己。就像戴安·拉维奇对自己是如此信任，以至她想靠一己之力改变我们的学校；大学篮球队教练对自己的工作是如此擅长，以至他们必须在比赛中全程掌控他们的球队。

这所有的一切对如今的大学生篮球比赛有着显著的影响。1999年NCAA的明星球员，著名篮球评论员沃利·斯泽比亚克审视了现今的大学生篮球联赛后表示："教练谋杀了比赛。"

教练们并没有为自己的队伍预先准备好战术，然后观看队员们执行战术；相反，现在的教练们比赛一开始就积极地投身于比赛中。斯泽比亚克抱怨道："他们指导着每一次的运球。"

随后发生的事情就完全可预料了。当你在比赛中被人指导时，你的行为会很自然地变慢。聆听、解读和反应都需要时间和努力。执行你正在被告知的事情比执行你早已被告知的事情要困难得多。克莱姆森大学的主教练布拉德·布劳内尔承认："不可否认，我们教练确实导致队员的速度变慢了。"

更糟糕的是，当你在聆听和解读教练的话语时，你也阻碍了自己的本能与直觉，甚至压抑了你的执行能力，无法正常发挥那些教练让你练习了数月的技能。随后你会犹豫不决，因为你知道每一个错误都将立即引起教练的愤怒。

过度指导贯穿了整场比赛，而它在比赛末尾的时候显得尤为明显。斯泽比亚克说："在比赛尾声的所有暂停，都是谈话而非行动，这一切对于制定战术是很好的，但是对于比赛而言却是灾难。如果你希望我能投篮得分，那么我最不希望你做的就是暂停比赛让我坐在板凳上，然后让我思考如何投篮得分。篮球是一项需要节奏和感觉的运动，你坐在椅子上时是得不到节奏的。"

得分越多的球队——篮球打得越好——往往他们的教练并不那么大牌。戴安·拉维奇相信，如果她曾经不那么信任自己，现在美国的教育可能会更好。强烈的自信是一个非常强大的利器，但同时它也能猛烈地攻击可能会出现的问题，使得人们没有机会去思考自己是否使情况变得更糟糕。

如果斯泽比亚克可以叫一个暂停并召集现在的教练让他们围成一圈，他想对他们说的内容很简单："在篮球比赛的历史上，教练员们的总得分是零。请牢记下场比赛的40分钟你要坐在教练席上，试着赢取比赛。你希望自己的队伍得分？下次请你坐下，让你的队员们比赛。"

你手上的信息永远比你可能会用到的要多。你想要知道一种快速赚钱的方法吗？或者你是否想要查看地点、时间、速度和对手的信息？或许你只需了解一下专家的意见，他们预测了什么？或者你直接下注碰运气也无妨。

赌马有很多种不同的方式，但基本的交易流程是相同的。你做出自己的选择，然后走到投注窗口前下注，接着观看比赛。在长达两分钟的比赛里，马匹之间会在内外道争夺有利位置，领先者会不断更替。在等待结果的过程中你的心脏怦怦怦剧烈跳动，极力关注的只有一个问题：你的马赢了还是输了？你赢了还是输了？

你坐在看台上，正研究着第六场比赛的赛马。现在你得出了自己的结论。你知道自己的赌注会下在哪匹赛马上。在通往投注窗口的道路上散落着成堆的废弃的赌注单。如果你忘记大部分的赌注单的主人都是输家，你也可以快速瞥一眼楼梯口或每走一步就听听那些纸片的摩擦声。

在你走到投注窗口前时，有一个人礼貌地询问你是否可以回答一个问题。你说可以。你还有足够的时间在比赛前投放自己的赌注。

他问："你能看下这张卡片并告诉我，你觉得自己准备下赌注的赛马有多大的获胜概率？"

卡片上标记了一组数字的代表意义。上面写着"1"，则意味着你认为自己的赛马获胜的概率是"极小"，"7"则代表着你的赛马获胜的概率是"极大"。他表示你无须考虑赔率或其他的因素，只需要告诉他你觉得自己的赛马获胜的可能性是多少。

原来还有另一个人站在队伍的另一端，与那些刚刚投放好自己赌注的人聊天。他询问的是相同的问题，只是询问对象换成了另一组下注者。

你知道吗，下注后被询问的人群的信心指数比下注前被询问的人群高出了38%。[①]

他们的马匹并没有跑得更快，赔率也没有改变，什么都没有改变，除了一组是正准备做出自己的决定，而另一组则已经做好了自己的决定。

我们将这称为决策后不协调因素减少现象。简而言之，当我们做决定时——任何决定，我们通常会有许多冲突的信息。我们知道有许多理由——好的理由——本应该让我们做出完全不同的选择。在我们做出判断之前，我们会包容所有的冲突。但当我们做出决定后，我们开始抛弃这些冲突，我们开始贬低那些与我们所做的决定相冲突的信息，我们开始提升那些支持我们决定的信息的重要性。

赌马——同任何一个决定一样——有数不尽的数据暗示我们本应该做出不同的选择。许多理由建议我们投注在其他的赛马上，或干脆不要赌马。投注前，我们承认这些冲突的意见。投注后，我们会抛弃这些意见。我的选择是对的，我很自信我做了正确的选择。

这种自信来得如此之快——仅仅只需几秒钟——以至我们甚至无须去思考该如何获得它。我们无须深思熟虑，也不用理性地判断，唯一重要的信息就是支持我们觉得正确的信息。一切都源自我们的直觉。既然决定已经做出，那么我很确定我的决定是正确的，否则我是不会做出这个决定的。

投注前被采访的人群中有一人无意中碰到了采访投注后人群的研究人员。他走到研究人员面前对他说："你和站在前面的那个家伙是同事吗？好吧，我刚刚告诉他我的马获胜的可能性是50%。你能告诉他把我的回答改成很有可能获胜吗？哦，上帝，改成极大吧。"

这就是决策后不协调因素减少现象。一分钟过去了，与这匹马、场地、赛道等各种条件相关的因素都没有任何改变，但是赌徒在这一分钟内发生了变化。他们从一个准备行动的人变为完成了行动的人，现在是时候掉转车头开始支持自己的决定了。

这就是我们的行为方式。我们会放大已做行为的吸引力，缩减我们未做行为的吸引力。

不幸的是，我们新增加的自信并不会让我们做出正确的判断。事实上，它使得我们更难以获得成功，因为我们会更加难以从自身的错误中吸取经验，如果我们能在决策前后都客观地评价有价值的信息，我们本可以如此。

正是这种从自己所做的事中产生武断、自信的能力使得大学篮球教练坚定不移地相信中断比赛、提出自己睿智的点评是对球队有益的行为，即使队员们的命中率越来越低。正是这种武断的自信使得戴安·拉维奇在全国的课堂上施行自己的教育计划时从未对此提出质疑。也是这种武断的自信使得约翰·列侬的老师快速给列侬的未来下了定论，使得森林空降灭火员们固执地选择了自己的逃生道路。对于赌徒、教练、戴安·拉维奇，对于任何一个人而言，不可争议的自信来自自己的行为，无论它是否正确。换言之，即使我们是错的，我们也总是开心地继续错下去。

病人有老有少，有男有女。一些人是生病，一些人则是受伤。但他们有三个共同点。第一，他们的病情都没有威胁到生命。第二，他们在医院里都有一段莫名其妙的致命或接近致命的经历。第三，他们都接触过迈克尔·斯旺戈医生。

斯旺戈在坦白了他对许多病人实施了谋杀行为后被判处无期徒刑，现正在监狱中服刑。这位医生在美国和其他国家的医院犯下一系列谋杀罪行的事情令人胆寒和费解。但他引发的后续创伤更令人难以忘却，因为他第一份工作的领导本可以阻止他的行为——他们对于自己专业的自信葬送了这一切。

从医学院毕业后，斯旺戈被俄亥俄州立大学录取进入外科住院部实习。令人难以理解的是，在海量的比他更为优秀的申请人中，斯旺戈居然被最终录取。因为他不尽如人意的学习表现，斯旺戈花费了额外的一年时间去完成医学院的学习，但是俄亥俄州立大学竟然选择了他，而不是那些毕业学校更优秀、成绩更优异且按时毕业的医学生。

无论从何种角度看，斯旺戈医生在一开始都没能达到俄亥俄州立大学的预期。他和人难以相处、粗心大意且不重视准备工作。他在完成一些非常简单的任务时频繁地偷工减料，例如在记录患者的病史时。第一年的中期，学校实习委员会认为斯旺戈医生无法完成实习项目，并决定在期末将他解雇。

在斯旺戈医生得知他要被清退后不久，他工作的医院的死亡率明显上升。一名19岁的女运动员莫名其妙地死于心脏骤停。几起死亡事件后又迎来一个不同寻常的多事之夜，两位60岁的女士突然呼吸衰竭。医生赶忙对病人展开急救，试图拯救他们的生命，但是他们对于致病原因依旧毫无头绪。

一位女士不幸去世，而另一位女士侥幸地从死神手里逃了出来。

当然，医院常常会发生病人死亡，这没什么奇怪或引人注意的。但是俄亥俄州的死亡率急速增加，外加偶发性的病情稳定的患者莫名其妙死亡的事件突增，使得这一切都变得不同寻常。要不是有一个小细节，人们依旧很难将任何一件事情与迈克尔·斯旺戈医生相联系。关键的细节就是：有目击者。

经历了莫名其妙的呼吸骤停的幸存者后来告诉医生和护士，就在症状发生前，一名长得很像斯旺戈的医生带着注射器来到她的病房，对她的静脉进行了注射。

然后是第二个目击者。那位女士病房旁的患者看到了同样的事情。

还有第三个目击者。一个实习护士进入病房时看到了斯旺戈医生，她是通过注射器上的名字辨认出斯旺戈医生的。

在目击者提供的报告中有许多警醒人心的地方，其中有些事实不容忽视。斯旺戈医生没有医疗理由出现在那间病房，没有医疗理由将药物注射入病人的静脉，最后他的口供也自相矛盾，一会儿声称自己来到病房是帮助病人寻找拖鞋，一会儿又说他从未进入过病房。

与此同时，另一个护士看到斯旺戈医生从一间无人的病房里的洗手间里离开。她觉得非常奇怪——因为医生不会使用病人的洗手间——所以她探头看了眼洗手间。她看到了一支注射器。护士担心这个奇怪的行为可能表明斯旺戈医生做了一些不好的事情，所以她仔细地将注射器包裹好并收起来作为一项证据。

这家医院的经营者是如何来应对这起致命的事故的呢？他们紧密团结在一起。

虽然斯旺戈医生的能力很差，工作表现也不佳，但是医院的领导层对于一名他们想要辞退的医生是杀人凶手这个想法感到非常荒谬。当然，能力与自信无关。一匹非凡的赛马并不会激发赌徒的自信，一名普通的医生也无法激发俄亥俄州医疗团队的自信。

面对这些令人费解的死亡事件、三个目击者，以及一支注射器，医生们认为没有理由去报警。相反，他们开始了由医生领头的调查。

他们立即解雇了目击者。九死一生的病人由于受到了巨大的创伤，她的言论也不具备可信性。她的室友被认为患有妄想症，但这似乎只影响了她作为一个目击者的判断能力，作为病人时她一切如常。毫无疑问，实习护士——没有适当的理由去解雇她—— 一定是值得信赖的人吧。然而，这名实习护士的证词被认为是错误的，她当时糊涂了。这就是所有的真相。

注射器中有毒液吗？上面有斯旺戈医生的指纹吗？病人的血液中是否能找到什么特殊物质？由于医生调研员们认为这一切都不可能发生，所以他们从未问过这些问题。他们也从未检测过注射器。它安安静静地待在护士的桌子的抽屉里长达数月，而护士也无法找到人——任何一个人，去详细检查。最终她放弃了，不再奢望有任何一名医生在乎找到真相，所以她扔掉了注射器。

这种主观性极强的调查的悲剧结果是显而易见的。斯旺戈医生只是在一年工作结束后离开了俄亥俄州，随后在伊利诺伊州找了一份新工作，成为一名护理人员；随后在纽约又找到一份当医生的工作，接着是到南达科他州，最终旅居海外。

从斯旺戈医生在俄亥俄州投毒到谋杀案最终定罪，中间足足隔了16年。在这16年间，他每到一个地方，那里都发生了莫名其妙的患者死亡事件。

总而言之，这个案例显示了过度自信的致命后果。俄亥俄州的医生们太相信自己的专业、自己的判断，太相信他们职业的优越性以及从事这个行业的人员，以致他们都无法看穿斯旺戈医生施加的威胁。他们太相信自己，以致实习护士，甚至护士长的证词对他们而言都成了噪声。

一系列可疑的行为并没有让他们对情况提高关注度，相反他们在每个行为中获取自信。他们解雇目击者，因为他们是对的；他们不调查证据，因为他们是对的；他们忽视显示离奇死亡率的数据，因为他们是对的。这些医生本不可能对他们的病人、医院以及职业做出那么糟糕的事情。要不是过度自信地认为他们知道该如何处理斯旺戈医生的问题，他们本不会做出以上的任何一件事情。

当两位制片人询问卡勒尔·图兹曼他们是否可以拍摄一部有关他正在探索的在线商务方面的纪录片时，他欣然接受了这个邀请。

这个想法对他很有吸引力。当他的公司顺利开办时，他不仅能收获成功与财富，而且整个过程都能被镜头记录下来。人们可以看见他所做的一切。他们将看见创造力和行动力，他们将感受到自己的魅力，他们将见证他的成功，并且这一切都不会——永远不会——被世人遗忘，因为电影是永存的。

但事情往往不随人的主观意愿而发展。

图兹曼受到一张被他长久遗忘、最终在壁橱后面发现的违规停车罚单的启示。当他上网想要搜寻自己是否需要因为这张停车罚单而交付一笔滞纳金时，他得不到任何相关的信息，更别提如何支付罚单。他与一位相交多年的好友交流了想法，随后他们开始准备创办一家公司，希望这家公司能使得当地政府与市民的信息交流更便捷。图兹曼将负责公司的财务，而他多年来的好友汤姆·赫尔曼则负责公司的技术支持。

他们创办的公司——最终名叫"政府在办公（govWorks）"——是源自人们对于办理公共事务噩梦般的回想画面，每次都是冗长的队伍在昏暗的政府办公楼里漫漫无期地排队苦等。他们于是开始自问，要是我们改变现在的市民对政府的敌对态度以及需要支付大笔金钱去办理事务的现状，用一种更快速、更便宜、没有痛苦的交易方式会怎样呢？要是你不需要排着长队来支付停车罚单，只需轻点鼠标就可完成会怎么样呢？要是你不需要排着长队来申请一份施工执照，只需轻点鼠标就可完成又会怎么样呢？

这个理念很容易解释，并且很有意义。

图兹曼在追求成功的道路上非常专注。他承诺这家公司能通过政府和使用者的交易从中获取6000亿美元的利润，这个数字被他在任何一场有潜在投资者出席的会议中反复提及。他的唐僧念经式的宣讲奏效了，图兹曼获得了超过2000万美元的风投资金以及3000万美元的贷款——足够去雇用几百名员工，每天凌晨开工，试着生产一种能定义公司并重新定义政府可访问性的产品。

但是图兹曼欠缺的是他对自身潜能的认知。和一家重要投资公司的负责人一同走进会议室后，他对于自己的公司有着美好的商业规划。但是很显然当他的计划得到支持后，他却不知道下一步该做什么。他愿意割让自己公司的哪一部分去交换迄今为止对"政府在办公"最大的投资？他不知道。他被这份交易弄晕了—— 如果他不接受这份合同的所有条款，那么合同将立即失效——因为他从未想过会议居然有两项议程——他的计划和投资商的回应。他毫无准备。

图兹曼与他的合伙人一同走进另一场会议，当赫尔曼提出他们网站可以拥有一个他们先前未讨论到的新特征时，图兹曼感到非常震惊，他否定了赫尔曼的想法，很显然他们失去了投资商。没有人愿意投资这样一家公司，里面的两个主要负责人甚至连公司的发展方向也无法达成一致。

图兹曼和赫尔曼之间的分歧不断升级，直至图兹曼最终觉得一山难容二虎，决定与好友分道扬镳，他在辞退信中将相交超过十年的好友辞退了。随后他让保安陪同赫尔曼离开公司。

像戴安·拉维奇、如今的大学篮球教练、俄亥俄州的医生，以及所有的赌马者一样，图兹曼无视自己行为的好坏，信心满满。他对自信的清晰度远甚于对公司将何时能研发出一款实际的产品。尽管公司已经吸引了上千万美元的投资，甚至与纽约市政府签订了违规停车罚单交易合同，但"政府在办公"却挣扎在单一的方案上，研发出的软件无法使用。图兹曼所有的时间都用来推销自己和自己去构建一个前景美好的公司的能力，他唯一没有花时间去做的就是注意到他的公司实际上什么都做不了。

对于图兹曼来说，他伟大的成功不会有永久的记录。信用被用完，所有的资金都化为泡影，公司被出售，而纪录片的亮点则是图兹曼的自大和失败。

然而，在纪录片中我们不难发现，即使那些在图兹曼身上亏钱的投资商也认为图兹曼依旧能从这段经历中有所收获。其中一名投资者告诉图兹曼："我在你的身上犯了错。我通常不会在从未失败过的人身上进行投资。"

图兹曼很欣赏许多非常成功的投资者尊重失败的理由。他说："失败每一天都会让你吸取一个教训。一个人的战无不胜在他失败之前都是一件伟大的武器，失败之后你将懂得它能够在错误的事情之上耗费你所有的精力。"

回顾与思考

我们坚信要相信自己。当需要完成一项任务时，没人想变得胆小懦弱。我们充满自信地向前进。

但正如在应对一个问题时，努力和增派人手很具吸引力却毫无效果一样，自信也是如此，我们往往会滥用这件武器。

运用自信去应对一个问题的错误在于我们的自信并不是源自自己的

能力，它会使我们无法找到潜在的解决方法。戴安·拉维奇的自信帮助她改变美国的教育状况，而现在她多么希望这份自信不曾带来任何改变。大学篮球教练每晚自信地走进赛场，然而这份自信使得他们对自己的球队进行了徒劳无功的帮助。卡勒尔·图兹曼的自信帮助他成立了一家公司、构建了一个最绚丽的幻梦——却遮蔽了他的双眼，使其无法注意到公司失败的产品。"首先，不伤害他人"是医生神圣誓言的第一句话，然而俄亥俄州大学医院的经营者的自信使得他们放纵了不可挽回的犯罪行为。我们对于自己已经做出的决定的自信度会提高38％，仅仅因为我们无法改变它。这就是自信，它不基于我们的能力，却使得我们无法看清现状。

带着过度的自信来审视一个问题就好像戴着一副本不需要的眼镜。你看到的事物将彻底不同，并且什么也看不清楚。

两种方法：走出过度自信的陷阱

做个预测。试着猜想一位你的朋友，如果一定要在《纽约客》和《名利场》（*Vanity Fair*）这两本杂志中选择一本，他会订购哪本杂志？你对自己的选择有多自信？你愿意下多大的赌注认为自己是对的？心理学家向人们询问了一系列类似的预测问题，随后询问了他们的朋友的真正选择。他们发现绝大部分的预测都是错误的——97％的参与者过于自信，坚信自己是对的。如果他们真的下了赌注，几乎每次都会输。[2]现在，请对五件拥有两种可能性的事情做出预测，它们可以是任何事情。哪支球队会赢得今晚的比赛？明天会下雨吗？诸如此类。当你发现你的一个、两个或五个预测是错误的时候，无须假装你之前总是对的或者一些结果并不是随机的。即使世界上最出色的预言家也不是每一次都知道接下来会发生什么——但是他们总能更好地知道何时自己不知道。

让自己动起来。当你早已教会自己如何"最好"地看待事物时，你该如何与众不同地看待事物？答案就是摇摆起来。在一项实验中，研究人员让一组志愿者自由地大幅度挥舞自己的手臂。[③]而另一组志愿者则只能按规定小幅度地摆动手臂。随后，每个人接受一个关于创造力的测试，问题的类型如：你能想出多少种旧报纸的用处？自由挥动手臂的志愿者在创造力测试中的得分高出了24%。身体是我们思维过程的有形体现，有时候只要稍微活动，就能激发起我们的内在能量。换言之，自由、流畅地移动的身体能产生新的想法，而僵硬的身体使得你固守自己陈旧的回答。

小结

盲目自信会束缚自己的脚步，尤其是当自己已经做出决定时。自信常被认为是成功必不可少的元素，是自我激励的良方。但我们不能忽视下面几个问题的重要性：对自己的能力极限的合理认知；意识到客观环境的变化；及时修正认知和决定。当我们寻求问题的解决方法时，可以对可能的结果进行预测，尽早了解并规避风险，同时在解决的过程中也要不断总结经验教训，为下一次行动提供可借鉴的方案。

最初的并不是
最好的

要是你出现在电视游戏节目《我们做笔交易》（*Let's Make a Deal*）的比赛现场会怎么样呢？

　　主持人给你一次选择的机会，你愿意选择1、2、3号门中哪扇门背后的礼物？其中两扇门后面是个搞笑奖，礼物可能是一只山羊，而剩下的一扇门背后是大奖——一辆新轿车。

　　你选择了1号门。为了增加游戏的趣味性和刺激感，主持人打开了3号门，门后站着的是一只山羊。现在他问你，你是愿意改变主意选择2号门，还是坚持你最开始1号门的选择。

　　我们的本能，在这个时候或者其他许多场合，会告诉我们坚持最初的选择。我们认为最初的选择是最好的选择，否则我们不会第一时间就给出这个答案。

　　然而，转而选择2号门会使你赢得轿车的概率加倍。

　　这听起来不太对。我们赢得轿车的机会不应该是一样的吗？但我们获胜的概率不是一样的，因为那扇被打开的门不是随机选择的。这扇门你从未选择过，这扇门背后总是一只山羊。

　　这意味着，当你最初选择一扇门的时候，你有1/3的概率做出正确的选择。如果你坚持自己最初的选择，那么你获胜的概率仍然是1/3。但是，如果你现在改变主意，由于一扇背后是山羊的门已经为你排除掉，你获胜的概率就提高到2/3了。你获胜的概率加倍是因为在最初你选择到山羊门的概率是2/3——因为背后是车的门从未被打开过——改变选择使你从有2/3的概率得到一只山羊，变成有2/3的概率得到一辆轿车。

我们对最初的选择有一种偏爱，它们更快速、更容易，同时我们对最初的选择就是最好的选择这个想法本能地感到愉悦。但它并不是最好的选择。

我们如何将问题从思维的中心移开？第一步就是摒弃我们最初的想法。

摒弃最初的想法让你能够将问题放在一边，摒弃最初的想法是你找到问题答案的开始。《大白鲨》剧本的初稿要求剧组找到一条巨型鲨鱼，然后让它吞食人群。第二稿——斯皮尔伯格决定在没有鲨鱼的情况下制作一部鲨鱼的影片——并没有从快堆成山丘的最开始的想法中获得灵感，而正是第二稿使得这部影片成为不朽的经典。

绝大部分人认为他们的工作可能有时会有点重复。但试想：每天在相同的时间说相同的话、听到相同的回应又会怎样？

自从罗纳德·里根担任总统开始，以上就是凯瑟琳·拉塞尔工作的真实写照，她已经在相同的剧目中出演相同的角色长达25年。这个事实简直令人难以置信，《纽约时报》称许多戏迷认为她是个都市传奇。一周八场演出，从未请过病假或休过其他假的凯瑟琳·拉塞尔已经在《完美犯罪》（*Perfect Crime*）的舞台上登台超过10000次。在纽约一次交通大罢工时，她驾着车环城接送所有的演职人员。在发生暴风雪和飓风的时候，她艰难地找寻通往剧院的道路，无论如何，演出必须继续。作为凯瑟琳的角色的替补演员，毫无疑问是演艺界历史上最令人失望的工作。

毋庸置疑，凯瑟琳凭借着自己永不停歇的工作激情创造了辉煌，被《吉尼斯世界纪录大全》官方认定为史上出演相同剧目次数最多的人。为此她也赢得了"外百老汇界的卡尔·里普肯"的绰号，甚至有幸与卡尔·里普肯会面。她对自己的纪录应该永远不会被打破感到很欣慰——她认为没有人会那么疯狂地想尝试挑战这个纪录。

如果有一个人最容易被最初的想法诱惑和吸引，那个人就应该是凯瑟琳。她20多年来甚至不用学习任何一句新的台词，因为编剧在剧本上演后就停止了对原作的任何修改。

然而，凯瑟琳向自己发出了挑战，要求自己不断地挖掘角色特点，给每场演出带来不一样的东西。

《完美犯罪》讲的是一起神秘的谋杀案，故事围绕着精神病医生玛格丽特（由凯瑟琳饰演）展开，她有可能谋杀了自己的丈夫。在戏剧尾声，玛格丽特受到一名警察侦探的质问，侦探期望自己能引出她的供认。玛格丽特急切地希望打断与对方的谈话，于是她突然对侦探脱口而出："我爱你。"这句台词可以被看作幽默、邪恶，甚至是一个重要的情节。观众可能会笑，会喘气，抑或期待着侦探的回答。凯瑟琳经历了上述所有可能性回应。事实上，她表示有成百上千种说"我爱你"的方式，而"我都一一尝试过"。

起初这部戏剧按规定会上演一个月的时间，因为票房很不错，于是他们决定延长演出时间。几个月后他们决定将演出季持续一年。25年后，它成为纽约剧院历史上公演时间最长的戏剧。

如同她在表演中会摒弃最初的想法，凯瑟琳在幕后也同样抛开了所有最初的心理冲动。在上演了17年后，因为租赁合同已经期满而新的场馆处于担保状态，演出不得不在各种各样的舞台上进行。然而，到了2005年，演出面临叫停的局面。他们需要一个新的场地，但是找不到符合他们预算和需求的剧院。面临如此难题，这可能意味着一个终结，不仅是对于这个剧目，对于凯瑟琳的事业也是如此。

凯瑟琳希望能让这部优秀的戏剧一直上演，因此她接手了剧团。她深知目前没有合适的剧院，因此她扩大了搜寻范围。是否有一个场地能让他们将其改造为一个剧院？她找到了一所已关闭的学校，但它外观很漂亮。她雇用了一家剧院设计公司将美丽的学校改造为两个剧院和一个独立的排练馆。

为了延续它经久不衰的主题，在另一个剧院中凯瑟琳推出了新版的《异想天开》（*The Fantasticks*）。原版已上演了42年时间并保有在外百老汇上演时间最长的音乐剧的纪录。

与此同时，排练馆被一群才华出众的演员使用，其中就包括阿尔·帕西诺。

作为剧院的总经理，凯瑟琳的工作远不止每晚在演出中表演那么简单。她要负责票房销售，关注剧院的预算，她甚至需要修理剧院女洗手间内漏水的马桶。绝大部分的夜晚她需要不停地解决各种各样的问题直到早上7：50，然后她有十分钟时间准备进入演出状态。

为了提升演出的上座率，凯瑟琳不断增加售票的方式，通过日常售卖、社会媒体，延伸到学校组织等。演出相对亲民的价格意味着许多路过的行人愿意进场观看演出，对此她感到非常骄傲和自豪。

对于凯瑟琳而言，《完美犯罪》给予了她一份事业，而这份事业的取得源自她对初稿的摒弃。谁的第一份事业会是年复一年地出演同一部戏剧？谁的第一份事业会是不断重新定义自己出演的角色？谁的第一份事业会规划好创建一个自己的剧院？事实上，她的人生充满了有无数可能的第二稿，即使她每天阅读着相同的页码。

最终，凯瑟琳寻找到了工作的乐趣并令人惊喜地感受到这份工作的多姿多彩。当舞台的帷幕升起时，她早已跨越过各种问题，并寻找到快乐。正如她告诫学习演艺的学生的话一样，热爱你的工作是一种不能被低估的胜利。"我告诉他们：'当你每天清晨坐地铁时，环顾下四周，看看有谁是面带笑容去上班的？有多少人看上去是开心的？'他们说'不是很多'。我对他们说：'如果你想要开心，你必须找一份自己喜欢的工作。'"

———— 本优秀的杂志里的文章就好像飞机上的一场美丽邂逅。在很短的时间内，它占据了你的心灵，但很快它就彻底地消散如烟。

盖伊·塔利斯1966年为《时尚先生》（*Esquire*）杂志撰写的关于弗兰

克·西纳特拉的一篇分析报道［《弗兰克·西纳特拉感冒了》（"Frank Sina-tra Has a Cold"）］拥有许多令人瞩目的成就，其中之一就是这篇文章至今为人所铭记、所讨论、所推崇。这篇报道有场景、有对话、有动作、有生动的描述，它被那些相信纪实写作可以与小说内容同样丰富和扣人心弦的有志之士奉为圭臬。

更重要的是，这篇文章至今仍被人浏览阅读的原因在于它真的非常有意思。由于西纳特拉不愿意接受塔利斯的采访请求，塔利斯于是通过西纳特拉的社交圈来捕捉剖析他。当你在阅读这篇文章时，你真的会感觉自己亲眼看见了西纳特拉的世界，包括那些短暂进出他人生的过客。

哈兰·埃里森就是其中一个短暂的过客。

那天，埃里森只是站在酒吧的一个偏僻的角落，看着人群在舞池里疯狂。

西纳特拉那晚也在酒吧，坐在吧台旁，周围全是对他或唯唯诺诺或阿谀奉承的人。西纳特拉注意到了埃里森的靴子，他不喜欢这个款式。

隔着人群，西纳特拉开始与埃里森聊起了那双靴子。他告诉埃里森："我不喜欢你的穿衣打扮。"

随后他询问埃里森靠什么谋生。埃里森告诉他自己写了一个剧本。西纳特拉略带一些轻视，以为它只是一部恐怖片。埃里森赶忙说剧本还没有出版。

对于西纳特拉而言这只是一场平淡无奇的小插曲，正如文章的标题所表明的一样，当时他正闷闷不乐地与感冒做斗争。塔利斯确切地将其描述为西纳特拉在三分钟后就会遗忘的小插曲，但对于哈兰·埃里森而言，这或许就是余生的难忘记忆。然而对于读者而言，塔利斯淋漓尽致地将这个有些可笑的小插曲展现在他们眼前，活灵活现。

西纳特拉的新闻发言人在给予了塔利斯一个不置可否的回答后，他最终还是拒绝了塔利斯访谈的请求。其他任何一个人都会受困于在无法采访到弗兰克·西纳特拉的条件下写一篇关于他的报道这个事实。塔利斯一开始也觉得自己不可能在没有采访的情况下写出一篇纪实文章。但他转念又想，他是否能挖掘一些更深层、更有趣的内容，而不是仅限于标准式名人访谈语录摘取。

虽然他从未有机会和西纳特拉对话，但塔利斯和哈兰·埃里森以及许多西纳特拉的好友和点头之交都有深入的交流。除此之外，他仔细观察着。塔利斯将自己完全沉浸在西纳特拉的世界中，他曾经是世界上最耀眼的明星之一，但是快50岁的他正面临一个新的事实。无论是他还是其他的歌星都将不再屹立于音乐世界的中心。这个舞台已经被鲍勃·迪伦、披头士乐队，以及其他所有年轻的歌手或者词曲作者接管。他还没有年老到成为一个怀旧的对象，却也不再年轻，可以卷土重来再创辉煌。西纳特拉处在最尴尬的境地。而塔利斯将这种情感通过靴子以及其他的琐事淋漓尽致地展现出来。

塔利斯相信文章的深度和广度能通过不断审视这种方式获取。他煞费苦心的写作方式使他能一直有机会去重新构想自己的文章和最初的创作冲动。

他从详尽的笔记入手。说来也怪，他会将笔记记录在被干洗店员工塞入衬衫内的吊牌上，随后他会将内容誊抄在黄色便笺本上，接着将便笺本上的内容用打印机打出。

在每一个环节，他都在提炼、调整并重新修改他的作品。

当他终于有了自己的初稿后，他难以想象它已经写完了或已接近于一件成品。事实上，他将文稿纸钉在了墙上。为什么？他如此坚定地认为初稿一定有许多的不足，以至他希望能"以全新的视角来审视它，就好像这篇文章是别人所写"。

有时他甚至会陷入一种阅读困扰中，必须将作品远离自己一定的距离——他会使用望远镜隔着屋子进行文章阅读——让阅读的新鲜感最大化。

即使他在桌前读自己的文章，他也会准备两份。一份是常规大小的，另一份缩印成原先大小的2/3。他很喜欢这种自己正在读两种不同版本文章的感觉，每一份都会单独阅读。他解释说："这种方式能帮助我获得一种不一样的视角。"

在塔利斯看来，一个故事的初稿仅仅是另一套笔记。它还不具备说服力，它远没有完结，它只是一小步。

塔利斯说："我写完后再重写一遍，重写完后再写一遍。"通过摒弃初稿、用怀疑的目光审视初稿这些方式，塔利斯将原本一次极易被人遗忘的西纳特拉采访变成一份令人铭记的作品，它帮助奠定了纪实文学写作的新标准。

有一个问题你可能不会每天被人问及：想象有一个遥远的星球，它完全不同于地球，现在，那里的生物会是什么样的呢？试着想一个生物吧。

花一些时间，在你的脑海中描摹它的模样，拿起笔将它画出来，就画在这页上。现在就画吧。

好了，请把笔放下。

我们对于想象力有着一种非常浪漫的定义。我们认为想象力既深奥复杂又独一无二。我们无法预测它、模仿它和控制它。想象力就是我们自己创造无限可能性的实验室。这是我们的期望。

但看看你画的生物吧。它有眼睛吗？几只？是两只吗？这些眼睛是用来看东西的吗？你把眼睛画在了哪个位置——它们是在嘴巴上面，还是嘴巴下面？它们是对称的还是不对称的？

很有可能，你的太空外星生物的眼睛的模样和功能都与你所知的人类、其他哺乳动物或其他你熟悉的物种类似。这正是托马斯·沃德一项实验的主题。[1]他让参与者想象一个太空生物，可以是任何体形、模样和功能。参与者想出的都是些保守的、与地球上的物种非常类似的生物，它们拥有相同的体形、模样和功能。

沃德实验的参与者中没有人给太空生物的脚下画上轮子或者把嘴巴画在腿上。他们画的生物一般都有脚，但是它们仅仅是用来行走的。总体而言，89%的参与者想象的生物与地球上的物种只有一个主要区别。

沃德还发现尽管我们拥有无限幻想的能力，但是我们对于要求想象力的任务的最初想法往往是既定和已知的事物。就好像我们条件反射般地知道如何将书或者街道分门别类一样，当我们运用自己想象力的时候，我们首先往往会参考运用现存的类别——即使任务是想象一个不存在的生物。

类别效应是如此强大，以至当沃德展开第二项实验时——这次是向参与者建议一个类别——结果显示那些参与者好似完全没有想象力。在第二项实验中，沃德再次让参与者想象一个遥远的星球和居住在那里的生物。但是这一次，沃德告诉参与者这个太空生物有羽毛。结果参与者画出的外星生物都有翅膀、鸟嘴，且没有耳朵——因为羽毛这个词触发了鸟的类别。于是参与者们就不再深入地去思考问题。

实验本身提供了无限想象的机会——只有参与者知道那个遥远星球、了解里面的气候和其他状况。在他们面前的是一张白纸和完全的自由去想象一些独一无二的生物。然而仅仅面对着一个类别的暗示，我们就都不再动用想象力，认为遥远星球居住着一群巨大的鸭子。

当沃德观察到参与者们屈服于这种分类冲动时，他想知道如果你帮助人们抛开他们最初的分类，那么会发生什么事情呢？

在他的第三个实验中，沃德为他的遥远星球提供了一些背景资料。他告诉参与者，这个星球几乎被熔岩覆盖，在巨大的熔岩间只有一些固体的岛屿可供栖居。为了生存，星球上的生物们需要拥有在岛屿间穿行的能力去寻找食物。

他还额外增加了一个细节：他告诉其中一组参与者，那个星球上的生物有羽毛，他对另一组参与者说那个星球上的生物有皮毛。

被告知有羽毛的小组——受地形限制，该生物既能飞行又有羽毛——画出的都是一群长得像鸟的步行者。

但是被告知有皮毛的小组，他们即刻将这个要求发挥想象力的任务进行简单归类的本能受到了严重的挫败。实际上，他们被要求想象的生物既要像鸟又要与鸟有所不同。而结果是显著的。

这群参与者没有模仿一些类似的生物，相反他们创造出了独一无二的生物。他们不再冲动地认为任何一个有鸟类特征的生物就应该拥有鸟的每一个特征——因此需要飞行的能力并不意味着需要有一张鸟嘴或没有耳朵。

将作品一字排开后，羽毛小组的作品能被快速地辨认出，它们都是一些你在自家后院看见过的普通的鸟的变形。然而皮毛小组的作品更像一些你从未看见过的生物。

实验数据显示了类别效应所产生的巨大差异。对于羽毛小组，即使他们想象着这些与鸟类似的生物居住在满是熔岩的星球上，但其中只有30%的人创造出的生物拥有完全新颖的非地球特征的功能来帮助它们在那种环境中繁衍生存。在皮毛小组，他们不仅将这些生物的特征组合得与地球上已知的物种完全不同，而且其中57%的人赋予他们的生物一种无法在地球生物中找寻到的独一无二的特征，用以适应那个遥远星球的环境。

皮毛小组不得不摒弃他们最初想要依赖自己已知的事物进行构想的冲动，仅仅画一只鸟无法符合要求，因为鸟不属于皮毛动物的类别。摒弃最初的想法使得皮毛小组拥有了加倍的创造力，并消除了自发性的类别效应，避免思维像羽毛小组那样受到限制。

正如沃德实验结果显示的那样，我们最初的想法源自我们最初能想到的分类。无论我们试图解决何种问题，我们的应对方法受限于我们已知的事物，它总是轻而易举地进入我们的脑海中。最初的想法完全不具备无法预测、模仿和控制的特征，相反它就好似如果你膝盖下受到撞击你会立即伸直腿一样，是一种再普通不过的条件反射。

这些最初的冲动使得你无法将自身的知识进行独一无二的组合或者无法使你产生真正原创的想法。相反，我们最初的想法是一个有结构、有组织的想象力的产物。最初的想法将要求发挥想象力的挑战看作一道数学题。我们拥有一堆已知的信息并试图将它们叠加求解。

沃德实验的参与者是否能想出更多富有创造力的外星生物呢？在沃德看来，一切显而易见："回答是当然能。参与者创造出的生物可以模仿多种多样的视觉形态，包括最近遇到的云朵、岩石、沙丘、装意大利面的盘子或是其他的实体。"但是如果他们停留在最初的想法上，那么以上这些都将不复存在。

沃德将其称为"最便捷，却最残酷的扼杀想象力的道路"。最快速最简单的答案往往是你已知的内容，它们迅速出现在你的脑海中，却也不会带来任何新鲜的想法。

有一个更好的方法，沃德表示："体会从一个已知的范例上开发出一件令人满意的作品的艰辛能增加我们的创造力。"简而言之，如果你愿意摒弃你最初的想法，那么你将创造出一个更好、更新奇、更实用的作品。

1 00年前，宇宙之王将铁路赋予美国人民。雅克·巴尔赞曾感叹道："它是一种制度、一个人、一项传统、一份荣誉、一首诗歌。"不仅如此，华尔街的巨头们和欧洲的贵族们纷纷投身铁路事业，只为那拥有永久财富的美好愿景。

然而50年过去了，铁路业既不永久也不赚钱。铁路业的绩优股——纽约中央铁路、宾夕法尼亚铁路——在深陷巨额债务的情况下慢慢销声匿迹。其他的铁路公司拼命地寻求并购或抽资救市或紧抓其他的求生手段。

当《哈佛商业评论》（*Harvard Business Review*）发表题为《1960年全能美国铁路的衰落》一文时，作者指出衰落的根源在于缺乏远见，也就是目光短浅、缺乏想象力以及缺乏预见性。换言之，根源就是"初稿"思维。

问题就在于火车公司用产品来定义自身。他们有火车、轿车、卡车。他们从事火车业，这个行业一直以来都利润丰厚。

但是一位想要运货的顾客并没有本身乘火车的需求。飞机、卡车的优势为运货商提供了一系列更灵活的选择——而他们也很好地利用了这一点。因此尽管当时的美国经济飞速发展，货物运输的总量也达到井喷状态，但是铁路运输量却在这一过程中不断滑落。

《哈佛商业评论》将1900年的铁路大亨描述为"泰然般充满自信"。如果你告诉他们在未来的60年间他们会变得"负债累累，一文不值，请求政府补助"。他们会觉得你一定是神经错乱。"这不可能，它甚至不是一个值得讨论或有疑问的问题。这个想法太疯狂可笑了。"当然，他们会认为喷气式飞机也同样是个疯狂的想法。按照这个想法来看，许多疯狂的想法现在都已实现。

铁路业毫无疑问更喜欢他们最初的想法。铁路业曾取得一些伟大的成就，而他们打算将一切都维持在他们最初设想的状态。但正如《哈佛商业评论》警告的那样，他们将没有任何货物可以运输，除非他们将关注点从产品转向顾客。

在《哈佛商业评论》给铁路业最后忠告的50年后，投资领袖沃伦·巴菲特独立赢得了人生中最大的一桶金，他将其称为"孤注一掷的豪赌"，而他豪赌的对象就是美国铁路。

这对于一名因只对最好的公司进行豪赌而闻名的投资者而言，无疑是一个令人震惊的转变。一些怀疑论者想知道巴菲特是否因为小时候喜欢玩火车，所以最终感性地凭借那些冰冷的数据最终做出这项决定。当时难道没有100个不去投资铁路的理由吗？

当宣布自己要购买伯灵顿北方圣太菲铁路运输公司（Burlington Northern Santa Fe Corporation）时，巴菲特称其为一家能屹立"200年"不倒的公司。很显然，他对旁人都错失这个机遇感到非常庆幸，因为那些人当时并不知道铁路业在当今会发生哪些巨变。

美国铁路业不再像以前那样希望时间停止、一切维持不变。21世纪的美国铁路公司正变得不断繁荣昌盛。铁路业最终还是果决地摒弃了最初的想法。

铁路公司不再幻想着铁路的价值，相反它们开始整合铁路去更好地为顾客的需求服务。铁路公司不再忽视其他形式的交通运输工具，相反它们开创了联合运输模式，货物能在飞机、火车、轮船、货车间无缝对接，进行运输。如今，一个轻便的货物集装箱可以被装载上火车后运输到几英里之外的目的地，然后经由集装箱挂车运输到顾客指定的交付地。

铁路公司同时也加大对引擎和高效设计的投入，其中就包括双层火车。结果就是，如今铁路业在移动运输领域以最低的燃料成本成为毫无争议的领导者。就运输量而言，一辆火车能运载280辆卡车的货物量。

巴菲特的投资源于他意识到新型的美国铁路公司已经知道该如何为顾客服务。就像在正确的指引下绘画出真正原创的外星生物，铁路业最终摒弃了旧的类别，打开了视野并向第二个想法进发。50多年前铁路只有30%的市场占有率，而如今在整个运输市场中它的占有率已经超过了50%。

巴菲特自信地表示："铁路业将一直存在。只要美国的经济还在，一家优秀的铁路公司也一定会在。"只要它们能一直摒弃最初的想法。

《全美通缉令》（*America's Most Wanted*）用16集的时间向民众全力通缉他，美国联邦调查局组织了专案组来寻找他的踪迹。官方预计这次通缉是美国执法历史上成本最高的追捕。然而被判有罪的暴徒兼谋杀犯詹姆斯·怀提·巴尔杰成功逃脱了警方18年的追捕。在一个不以行为举止来吸引注意的世界里，巴尔杰独特的两面性着实令人瞩目。

查理·加什科与任何一名臭名昭著的罪犯都毫无共通之处。他不像那些人一样挥金如土，相反他的生活似乎非常拮据，他的衣着稀松平常，他没有车或者任何值钱的东西，他的家具也都破破烂烂。他很少被人认为是一个脾气火暴的人，相反他在公寓大楼里是出名的模范承租人。他这个人从来不会抱怨任何人或任何事。他也不在暗地里对他人说三道四。查理为人安静，与邻为善，过着平凡的不起眼的隐居生活。

查理喜欢在家里看电视。《全美通缉令》是他永远不会错过的节目。他很有可能观看了关于怀提·巴尔杰的所有的16集节目。

尽管他们有着如此明显的区别，但是查理和怀提却有一个重要的共同点——两者是同一个人。但是怀提装扮的角色太不爱出风头了，以至13年来没有人将这两个居住在圣塔莫尼卡同一间出租公寓的人相联系。

美国联邦调查局——缺乏想象力地运用初稿思维——通过寻找暴徒的方式来锁定巴尔杰。专门分配负责联邦调查局巴尔杰案子的波士顿警方的侦探查尔斯·弗莱明承认："我们朝着歹徒的方向开展搜寻，而这就成了一个问题。他的伪装可不再是一个歹徒。"

当联邦调查局在欧洲奢侈圈寻找暴徒巴尔杰时，查理·加什科——巴尔杰的伪装，几乎从未离开过公寓。

当联邦调查局试图追踪巴尔杰大量的金钱流动时，查理·加什科却过着类似靠固定收入的老年人般的生活。

但随着奥萨马·本·拉登被击毙，怀提·巴尔杰升至头号通缉犯。他成为美国联邦调查局最希望缉捕到的对象。由于受到多年来遭受的挫折的启示以及目标嫌犯的地位的改变，联邦调查局的人最终改变了他们的搜捕方式。同铁路业发展的情形一样，眼前的情势最终动摇了调查员对于最初想法的坚持，转而打开了通往答案的新道路。

他们不再去思考一个暴徒可能会居住的地方，相反他们将目标锁定在适合一位82岁老头儿的居住地上。他们不再关注巴尔杰——通过多年的经历以及16集《全美通缉令》的证实，他在街上很难被辨认出——相反他们紧盯凯瑟琳·格雷格，她是巴尔杰的女性同伴。格雷格比巴尔杰年轻20多岁，联邦调查局的人员认为她会给人们留下更为明显难忘的特征。

将目标锁定为格雷格后，联邦调查人员开设了一档全新的新闻节目，呼吁公众提供帮助。节目在加州以及各个地方的超市商店内播出。

周一，广播电视中播出了这则通缉广告。随后CNN（美国有线电视新闻网）在当天报道了此事。而这则报道被居住在冰岛雷克雅未克的前"冰岛小姐"看见，她喜欢在冬天前往圣莫尼卡居住。

她立即就辨认出凯瑟琳·格雷格，因为她经常看到她和巴尔杰在相邻的街道旁喂一只流浪猫，有时还会停下来闲聊。

周二，联邦调查局接到了一通来自冰岛的电话。

周三，在当地警方的监控下，联邦调查员们确认他们已经锁定了巴尔杰和格雷格的藏身地。巴尔杰被哄骗到公寓的地下室后顺利地被逮捕了。格雷格也随之投降。

这也彻底终结了全美最声名狼藉的罪犯之一的在逃生涯，他最终被逮捕不是因为暴力或血腥的生活方式，而是因为一个普通老人再平凡不过的喂养野猫的习惯。联邦调查局的人是如何抓住暴徒怀提·巴尔杰的呢？他们最终不再关注那个暴徒消失不见的问题，而是转而开始寻找一个老头儿。

回顾与思考

最初的想法是对手头问题最明显的回答。它是以问题为出发点来定义情况的最佳方式。

在最初的想法里——铁路业不需要考虑顾客的需求；美国联邦调查局在暴徒常出现的地方寻找暴徒；凯瑟琳·拉塞尔会放弃奠定她辉煌成就的剧目；盖伊·塔利斯会打消为弗兰克·西纳特拉撰写报道的念头，因为西纳特拉不会接受他的访谈。

但是当你摒弃了最初的想法后，你可以真正地审视并看穿问题。铁路业重新定义了其生意并再次变成了大亨们的理想投资对象。美国联邦调查局重新审视了其搜寻方式并最终抓住了通缉犯。凯瑟琳·拉塞尔反复地琢磨自己的角色并创立了属于自己的舞台。盖伊·塔利斯重新定义了名人采访文章读后容易被遗忘的特点，在西纳特拉拒绝他的采访后依旧能树立纪实文学的新标杆。

最初的想法缺乏想象力，它是基于我们的问题所提供的狭小的类别，它是我们能抓住的第一件事情。正如托马斯·沃德的研究所显示的，当最初的想法不符合要求后，我们的创造力是先前的两倍。

最初的想法就是一个放大镜，能帮助人们更进一步审视出现在自己面前的问题。摒弃最初的想法，你将找到一个望远镜，它能帮助你看到之前从未看到过的思路，而不是那些最近、最容易看到的想法。

两种方法：撰写第二稿

愉快地面对失败。尝试一些可能无法成功的事情，尝试一些绝对不会成功的事情。你太希望自己是正确的，以至我们迫切地希望将失败从我们的生活中剔除，但是在错误中我们仍旧可以有所发现、有所收获。动画片巨头皮克斯公司的合伙人之一——埃德·卡特穆尔将他们成功的过程总结为"从糟糕到精彩"。他们在一开始的表现被认为糟糕透顶，然而最终却化腐朽为神奇。皮克斯的动画电影《海底总动员》（*Finding Nemo*）和《机器人总动员》（*WALL-E*）的导演安德鲁·斯坦顿在谈到如何拍摄动画电影时说："我的策略一直是：尽可能快地犯错。"皮克斯的领导层认为不惧怕失败就意味着有更多的自由和可能性能够被激发。与从未失败相比，失败后他们反而能制作出更好的电影。

做一些次序颠倒的事情。无论你日常做事的顺序如何，试着将这个顺序颠倒。它可以是一些非常小的变化，比如颠倒顺序制作三明治——首先放果酱，然后再放花生酱。当研究人员让人们无序地做一些平常的琐事时，人们在认知灵活性测验中的分数提高了18%，该测验主要测试人们从多样的概念中提炼建构想法的能力。[②]

小结

　　我们总是对最初的选择有偏爱，但那并不一定是最好的选择。也许你用某个方法成功地解决过某个问题，但随着时间和客观环境的变化，同样的方法已经不适用于类似的问题，或者同一问题在发展过程中已经产生了新的情况。这时，你必须思考第二种方法，或者第一种方法的修订版，很显然沿用最初的方法已经变得不理智。其间，你可能会面临暂时的失败或感觉混沌，而这也许正是你提升创造力的好时机。

转移注意力收获更多

要是你需要给院子深处的花浇水该怎么办？你是愿意拿着软水管的一端走着去浇花，还是走回水龙头处清理出一条路，让软水管不受阻碍地一路通到院子深处？

我们中的大部分人会选择抓起软水管走到院子深处，而我们总是会被障碍所阻。最快、最直接得出的回答往往并不是最好、最简单的解决方法。

当我们遇到一个问题时，我们想要寻求一个答案，我们想马上得到这个答案。但答案并不会在你坐在椅子上召唤它的时候就出现在你面前。它不会安分地待在标记着"答案"的箱子里。你的答案在你的枕头里，在公园里。当你无聊地排着队等待吃午饭的时候它会出现在你面前。因为最好的答案会在你将问题放在一边的时候出现。给自己一些时间和空间，换一个环境，给你的大脑一个机会去随意地关联搭配并探寻其中可能的组合。

你最佳的答案不是一个比萨。它不会在15分钟内就出现在你面前，但是它一定会出现。当它出现时，它会超出你对自己的能力的预期——甚至比比萨更好。

那么你现在应该如何面对正注视着你的问题呢？快点起来，从你被打倒的地方爬起来。现在，放下问题。试着想一些其他的事情，任何其他的事情。给自己一点时间。如果你现在能转移视线，那么它将会引领你走上通往答案的人生路。

从名字上看，它听起来像是一个智力竞赛类的电视节目。然而，和任何竞赛类节目相比，它更折磨人，也更激动人心，它能让一个成年男子跪地求饶。

它就是"知识"考试。

通过考试后的奖品就是获得梦寐以求的驾照，有了它，可以在伦敦驾驶出租车。

什么是"知识"？这是每一名司机必须知道的事情——一名司机需要知道任何事情。

考试一开始要求司机了解伦敦市中心六英里范围内的每一条街道、每一条主干道、每一条支路、每一条单行道。每一条路都与另一条路相连，在伦敦市中心，至少有26 000条道路需要记忆。

伦敦的道路还有一个特点——它们本身没有任何的逻辑，道路不是对称设计的，没有可供预先判断的标志物。道路名也是杂乱无序的，它无法展现道路之间清楚的关系。在美国，曼哈顿42号街就是指位于82号街以南第40号街区，第5大道就是第8大道以东的第3个街区。然而，英国的道路是随意命名、纵横交错的，就像一个装满意大利面的盘子掉落在地板上后的状态。

然后是地标性建筑。一名司机应该要知道大本钟、白金汉宫和伦敦大桥——他还需知道每一处博物馆、饭店、酒店和医院，这些加起来有超过186 000个地标。司机需要知道这些地方在哪条街道的哪一边，并且能判断出从城市中任意的出发点到达该地标的最佳路线。

"知识"考试的地点在一间小型办公室里，考生会在考官到来之前进入房间。申请人需按规定着装，称呼考官为"长官"，并且需要准时到场，晚一分钟也不可以。

随后考官会进入房间，他仿佛是一名充满怀疑的警官，不相信你的能力。作为一名经验丰富的考官，艾伦·普里斯表示："你通过嗅觉就能判断出考生是否具备相应的能力。"

考官随后打开自己的文件袋并说出一组出发地和目的地。参加考试的准司机必须详尽地展示最佳路线，描述出路上的每一个转向和地标，他唯一能借助的就是自己脑海中的地图。

当申请者绷紧神经，竭力避免犯错时，考官却威严地坐在一旁，手拿一份地图逼视着申请者，期待着错误的发生。

整个过程令人感到焦灼紧张，连普里斯也表示："当考生离开办公室后，他甚至会记不起自己的名字。"

即使如此，整个考试还没有结束，远没有结束。当考生成功地描绘出到达考官指定的四个目的地的路线后，他们会回家等待消息。等待三周、五周或八周后，他们会回到考场回答另外的问题。

这个过程将不断被重复，考生定期地接受考试，整个过程长达一年多。普里斯承认："'知识'考试就好像是牙疼，它不会走远。"

为什么考试的时间需要那么长？

虽然这是一个非常奇怪的考试体系——据报道它拥有450年的历史，最开始源自一位英国男爵竟然找不到一个了解伦敦街道的人——但它确实非常有效。

试想一名未来的司机，如果他需要在一次考试中记住伦敦所有的街道，那么他的命运会如何呢？问题势必将压倒他。任何一个人都会放弃这项严苛的挑战。

但是，逐条增加街道，逐日复习巩固，这项严苛的任务变得能够被完成。

现在我们甚至能一边看电视一边完成测试。

伦敦大学学院的神经学研究所的研究人员好奇地想知道在伦敦开出租车和准备"知识"考试会对人脑造成什么变化。许多出租车司机倾向于认为他们从事的是全新的职业，非常值得研究人员的注意，于是他们积极报名让研究人员扫描自己的大脑。

借助核磁共振成像，研究人员在整个过程中可以看见，当司机们开始准备"知识"的考题时，他们大脑中的海马体会逐渐发展长大，随之他们也变成更有经验的司机。

大脑中的海马体负责指引方向。它在鸟类和其他需要靠导航技能生存的动物中显得更大一些。随着这些出租车司机在脑海中构建了城市地图，他们的大脑也同时将这些地图进行了存储。

有趣的是，这一切并不会发生在公交车司机身上，他们每天都在相同的路线上行驶，不断往复，他们不需要在脑海中构建整个城市的综合地图。这一切也不会发生在普通的市民身上，虽然他们必须在城市里穿行去找到正确的道路。这只发生在出租车司机身上，因为他们既有外在的学习需求又有内在的处理机制。

伦敦的街道系统分布情况无法在一夜之间就被学习掌握。任何一名试图挑战的司机都会立即放弃。但两次考试之间的准备时间使这项任务变为可能。两次考试的间隔时间使得大脑能处理这项任务，而不是被这项任务压垮。

正如普里斯解释的那样："'知识'就像一壶水，你的大脑就是一个杯子。你慢慢地倒水壶里的水，因此你就不会有所损失。'知识'永远不会结束。"

表面来看，"知识"只是一个难度非常大的地理测试。但是司机却将它看得更为重要，因为你学习到的不仅有地理知识，还体悟到如果不紧盯着问题不放，将看到自己无限的能力。

莱纳斯·鲍林不仅仅在有机化学、无机化学、量子力学、分子生物学以及医学领域做出了杰出的贡献，更为重要的是，他从这些领域中看到了他人未发现的交集，正是这种看待事物的方式重新定义了我们的世界。

他对将原子连接成分子的化学键的发现——分子也因此成为所有物质的构成基础——为他赢得了1954年的诺贝尔化学奖，同时也形成了我们好几代人对化学、生物、物理的认识。

鲍林通过应用自己的研究结果发现了疾病的分子基础，从而在镰状细胞性贫血以及其他疾病的治疗方面引领了一场新突破。

与此同时，在他获得诺贝尔化学奖的八年后，因为在停止核武器传播上所付出的努力，他被授予了诺贝尔和平奖。鲍林仍然是唯一一个两次独立获得诺贝尔奖的人，也是唯一一位既获得诺贝尔和平奖又在科学领域获得了诺贝尔化学奖的人。

一个人该如何像鲍林一样多才多艺呢？

幸运的是，鲍林很喜欢通过文字和演讲来与大家分享思考和发现方法的过程。

第一，鲍林认为，突破并不等同于收集出色的想法，然后认定它们能产生最好的方法。事实上，他认真严肃地告诉听众，美国至少有20万人比他聪明。但是这些人却无法改变化学或生物的现状，或者他们需要扫清通往诺贝尔奖道路上的所有阻碍。

第二，鲍林表示，突破并不能通过紧盯问题不放而发生。他说伟大的科学进步不同于中国长城的建造——只需每天在昨天已有的基础上增加一小点。相反，科学进步是一个巨大的旋涡，它指引着新的方向，它让我们看起来在原地绕圈直至突然爆发新的发现。

第三，鲍林认为最重要的一点，他相信对任何一个项目进行无休止的研究将限制他所能获得的思考。日复一日的研究，很有可能他都是在做相似的工作，得出相似的结论。这就好像是一名值夜班巡夜的人，牢牢守卫着自己的想法以免新的观点会趁机涌入。因此，鲍林对试图在某些领域有所作为的人的建议可以归结为两个字：放下。

鲍林说他最佳的思维并不是出现在实验室、教室、图书馆或者任何重要的科学会议这些场合，它出现在被窝里。它远离研究工作，远离所有的数据细节，远离各种医学病症。它出现在被窝里，因为当鲍林准备入睡时，他彻底解放了自己的大脑，让它自由地生成新的想法并寻求新的答案。

当鲍林在寻找许多领域彼此间的交集时，他相信他拥有无数的方式将各种想法和原则相结合去寻找到一个全新的发现。绝大部分的组合——几乎所有的——都是无用的。但是鲍林深信他的大脑——在没有压力、不受约束的情况下——无须他的指挥就能自发地对这些组合进行筛选整理。如果一旦有一些有趣的想法产生，那么它就会自发地进入他的视野。

当鲍林歌颂让大脑自由地思考的好处时，他迫不及待地想告诉自己的学生或观众去解放大脑，让想象力发挥最大的作用不仅仅对科学家而言非常重要，它对"各行各业的每一个人"都同样关键。对诗人、销售员或汽车修理师来说，面对一个问题时，自由的大脑使得他们不再苦思冥想，帮助他们审视过去那些横跨在面前的诸多限制并最终找到解决问题的方法。

对于鲍林而言，正是这种重新审视问题的自由使得他能不断地找到答案、解决问题。就像那些出租车司机需要给自己的大脑成长的时间，鲍林也需要给他的大脑自由的时间去捕捉下一个伟大的想法。

你走进一个狭小的布置简单的房间。

你看见一张桌子、一把椅子和一个铃铛。

你被告知这是一间"惊喜屋"，但是至今为止它显得不那么名副其实。

有人给你展示了一盒玩具，你被告知稍后可以玩它们，"但首先，你想要一点糖果吗？"

你回答："想。"你当然想要，因为这项研究发生在你四岁的时候。

你在学前班遇到的好心人向你解释，他即将让你独自待几分钟。但是如果你想要他回到房间，你所要做的就是摇响铃铛。你练习了几次。他离开房间，你摇响铃铛，他立刻会回来。你做了第二次，然后第三次。

随后该男子从桌子下拿出了一个盘子，里面有一颗软糖。

男子说如果你能坐在椅子上不起身并等到他回到房间，那么你就可以得到两颗软糖。

或者，你可以随时摇响铃铛然后他会立即回来。但是一旦你摇响铃铛，你就只能获得一颗软糖。

男子又将所有的事情解说了一遍。

随后他询问你是否知道如果你能够等待他回来能得到什么。他问了如何能让他回到房间，以及如果你摇响铃铛可以获得几颗软糖。

你回答了他的问题，他表示答案完全正确，随后离开了房间。

房间里只剩下你一个人和那颗软糖。

你会做什么呢？

你想要等待他回来，两颗软糖比一颗好，但是等待是如此艰难。你现在就想要那颗软糖——立刻，马上。

铃铛就在你面前，就在你的正前方。摇响它，等待就结束了。摇响它，你就能立刻拥有一颗软糖。

你是否正紧盯着软糖不放？你是否流口水了？你是否想着吃一颗软糖该多么有趣？它有多美味？

你触碰软糖了吗？戳它了吗？拿起它了吗？

你哪儿都不能去，什么都不能做，甚至不能从椅子上离开。

你尽力去消磨时间。跺跺自己的双脚，或者玩弄自己的头发。你没有可以说话的人，但是你能跟自己聊天。或许你还能唱一会儿歌。

但是时间过得非常缓慢。你仍然坐在椅子上，孤孤单单的，只有自己一个人和那颗软糖以及那个铃铛。你想要摇响它。等待太无趣了。

研究表明，软糖对于绝大部分的孩子太具有诱惑力了。事实上，沃尔特·米歇尔做的软糖实验的其中一次的结果显示，有70%的四岁儿童最终放弃了等待，放弃了他们获得第二颗软糖的机会。[①]

米歇尔在不同版本的软糖实验中发现了许多惊人的共通点，其中之一就是成功等待的关键就是要从精神上将软糖放在一边。

目不转睛地盯着软糖，渴望将它吞咽入腹中是一个灾难性的策略。相反，给自己唱字母歌或假装自己是个牛仔却能缓解那个黏糊糊的小圆球所散发出的诱惑。

米歇尔通过观察发现了这一点。最快放弃的孩子从未将他们的注意力从软糖上转移开。坚持时间最久的孩子"在额外延长的时间内通过有选择性地分散对奖品的注意力来缓解自身的烦躁不安"。换言之，他们没有紧盯着问题不放。

随后他在新的一批孩子身上展开了升级版的实验来验证自己的结论。该实验在研究人员离开房间前会给孩子们一个额外的指导。对于其中一组孩子，他提供了转换性思维。建议孩子将软糖想象成云朵或月亮，让他们可以想象自己正在云朵间嬉戏。

对另一组儿童，研究人员在离开房间前说的最后一句话就是让他们想想软糖的味道，想想它们是多么绵软美味，想想品尝它们的时候该多么有趣。

云朵小组的孩子的平均等待时间是13.5分钟，而绵软美味组的孩子的平均等待时间是5.6分钟。[②]

绵软美味组的孩子紧盯着问题不放，而问题也很快消耗了他们的耐心。云朵小组的孩子转换思维后注意力并没有放在问题本身上，他们打破了问题的束缚，在整个过程中远离了它。

这就是紧盯着问题不放与将注意力从问题上转移开之间的巨大差别。转移注意力让你收获耐心与自由，使你能找到问题的答案。然而持续不断的直接的注意力将使得问题变得令人窒息、难以解决。

为了能表现得更好，在参加软糖测试或做出其他决定时，我们必须自发地抵挡住即时满足的诱惑。立即行动总是比磨蹭拖延令人感到更舒服，但是立即行动让我们更易受到伤害。当我们立即行动时，我们只能陷入软糖的诱惑或问题的陷阱之中，别无他法。

当米歇尔认为自己已经收集了所有关于软糖与孩子的实验数据后，他无意中发现了一个令他大为震惊的模式。当他询问了自己女儿的一些高中朋友后，突然意识到他们中的许多人——十多年前就读于他当时进行实验的那所幼儿园——可以很容易地按照他们在软糖实验测试中的表现被区分开来——那些在实验中等待第二颗软糖的人似乎在学校的表现更好。

一个完整的随访研究证实了他的观察。选择等待第二颗软糖的孩子更抗压，能够更好地应对压力，他们更自信，能够更好地制订计划并坚定执行。简而言之，他们始终像学龄前的自己那样，仍然展露出耐心和坚持，不断得到自己想要的结果。

米歇尔使用的很多实验方法都比较主观，但是当他通过调查得到这些当年测试者的SAT分数时，他得到了研究人员都渴求的硬数据。缺乏远见、放弃等待的孩子与坚持等待、得到第二颗软糖的孩子之间的SAT分差可达210分。说得更为明白一些，这就是被耶鲁大学录取与被纽约州立大学在宾厄姆顿的分校录取的区别。

这些思维模式在学龄前儿童成长为青少年、变为成年人的过程中与他们一直如影随形。这些等待第二颗软糖的人在成年后过着更健康的生活，拥有更高的收入和更强烈的自我价值认同。他们涉嫌犯罪的可能性也更低，并能更好地面对生活中的各项挑战。③

对于参与软糖实验的孩子来说，就如莱纳斯·鲍林和那些出租车司机一样，一些耐心外加转移注意力的能力就能让他们跨越自己正在面对的问题，让他们的大脑为自己作战而不是与自己作对。

不到30岁，瓦妮莎·塞布斯特就成为扑克历史上最成功的女性玩家，同时也位列这个行业最被推崇尊敬的玩家之林。

她如今的成就得益于她的天生对数字敏感的大脑，以及一颗无所畏惧的心。正是这种无所畏惧使她善于将她所有的筹码都作为赌注为她赢得胜利。即使她手上的牌很不理想，她也乐意孤注一掷。

塞布斯特还是个大学生时就充分发掘了自己对于扑克比赛的热情以及打牌的方法。一夜之间，ESPN（美国娱乐与体育节目电视网）以及其他体育频道铺天盖地满是对扑克比赛的转播。她也随之被该项赛事深深吸引。

塞布斯特深深痴迷于一个默默无闻的玩家可以获得巡回赛的冠军、获得几百万美元这一事实。

她也着迷于在观看比赛时能审视比赛的独特视角。通过观看电视，塞布斯特能看到每个人的手牌，而每位选手却只能看到自己的牌。这使得她能了解每一位选手的思维方式，以及整体的思维节奏。她从未看过一项比赛，旁观者能比竞赛者对比赛的过程看得更为清晰——旁观者能通过观看比赛高效地训练自己去战胜那位竞赛者。

当然，比赛中也有一些非常罕见的出牌情况。有一位选手的手牌非常好，他也下了重注，其余人的牌运不佳，很快就收牌了。但是引起塞布斯特注意的是，有一位手牌不佳的选手竟然想改变既定的命运。她看见那位选手从低调地倚靠在座位上的玩家慢慢变成局势的掌控者，他孤注一掷地将所有的赌注都押在自己不甚理想的手牌上。随后她看到他的对手们——拥有更好手牌、更多筹码的人——显得退缩了。他们纷纷规避风险，而那位勇敢的选手赢得了所有的筹码。当重复了三次同样的诡计后，他赢得了赌注与气势，很快就拿下了比赛。

塞布斯特很喜欢得州扑克需要选手同时运用数学和心理学的知识这一点。你需要知道每种牌局的可能性。你有多大的可能性可以拿到一张A、一张方块或一对。但更为重要的是，你需要理解人类的行为。如果你能知道别人会如何对你的行为做出反应，你就能假装自己胜券在握，从而来主导这场比赛。

因为比起你真正拥有的手牌，得州扑克比的更多的是他人认为的你拥有的纸牌。对于塞布斯特而言，这就意味着取胜的唯一方法就是显得有侵略性。她表示："富有侵略性的选手掌控先机，而其他人只能被动应对，因此会显得弱势。"

被动应对会显得弱势不仅是因为它将出手权交给了更具侵略性打法的选手，更在于它使得更具侵略性的选手能够更容易地解读出对手手中可能持有的纸牌。

当塞布斯特在一场比赛中发现还有一位选手的打法具有侵略性时，她会显得更加强势。当某人提高赌注筹码时—— 一个非常有侵略性的举动——她会再次提高几个倍数。她解释说："这形成了旁人与我对抗的局势。他们不想再提高筹码来对抗我，因为他们完全不知道我手上有什么牌。"这种心理状态令人感到恐惧，而这正是她想要让他们感受到的。

塞布斯特在不断完善自己的策略的同时，也始终用心研究着比赛以及她自己。她意识到在比赛最激烈的时候，选手会做出错误的判断，会想当然地认为其他选手的应对方式会同自己一样。她在自己身上也看到了这一问题。

塞布斯特说："我自身的一个不足就是会认为其他选手会和我一样疯狂。也就是说当判断一个选手的手牌有95%的可能性是一对A后，我很可能会选择诈唬。当同样的情况在比赛中出现时，我会想当然地认为其他人也会选择诈唬，因为这是我会做出的决定。"

塞布斯特不断训练自己去克服这个条件反射。当她试图解读另一个选手的行为时，她会让自己的思维稍微暂停一会儿。她会想象自己从位子上站起来，然后坐到其他选手的位子上来看待整个局面。正是这种暂停的耐心以及转移对自己手牌的关注的方法——扼杀自己的冲动，看清更多的局面——造就了普通玩家与一名顶尖玩家间的天壤之别。塞布斯特表示："你不能将比赛变成是和自己的对抗赛。试着站在别人的角度来看待它，而不是以你的视角。别人对这个感到非常害怕——这对于我而言就是巨大的优势。"

威尔微笑着承认："没有人会认为这是一种快乐健康的童年生活。"

威尔和他的妹妹金有一个脾气火暴的母亲，还有一个常常不回家、神出鬼没的父亲。

威尔说："无论你做了什么都显得无关紧要。她随时都处于攻击状态。如果你从学校带回一张不错的成绩单，她会对你说：'所以，你认为你比我厉害，对吗？'但如果你带回一张糟糕的成绩单，她会说：'我老早就说你是个懒散的私生子，永远成不了大器。'"

在威尔和金还很小的时候，他们对母亲的批评讽刺和毫无关爱之心感到非常难过和困惑。随着他们逐渐长大，他们试图避免让母亲注意到自己，只希望熬过在家里的漫长时光直至他们可以离开家在外居住。

由于威尔对自己的家庭生活感到难堪不已，所以在学校里他也与同学保持一定的距离。他说："我从来不希望有任何人到我家来，因为我不希望母亲在外人面前斥责我。我不想要任何人看到这一幕。"

一路走来，威尔和金至少还有彼此。他们是彼此聆听内心情感的耳朵、哭泣时能够依靠的肩膀。他们互相扶持、互相鼓励。威尔说："我们一起活了下来。我真的认为我们会永远都这么亲密无间。"

然而当他们熬过所有的艰辛，两人之间却有了隔阂。威尔说："我猜每当我们看着彼此，就会想到过去，想到我们曾经的遭遇以及试图逃避的生活。"

他们之间相亲相爱，但是威尔和金更多地将对方当成工作上的伙伴，而不是亲爱的兄妹。虽然这看起来有点令人遗憾，但是他们成年后的20多年来关系一直很好，直至他们需要面对长期照顾父亲的问题。

在他们的母亲去世后，多年来父亲一个人居住在老宅里。但是现在他丧失了自理能力。他需要人来帮忙购买生活用品、烹调三餐，以及整理、打扫房屋。他还需要有人来为他准备好药物，并提醒他按时吃药。

威尔表示："我们两人在如何照顾以及谁来照顾父亲的问题上，意见出现了分歧。那个家是个应激情境，我们回到那间屋子时就会觉得不堪的往事朝我们猛烈地涌来。我们现在居然还要去照料那个曾袖手旁观、丝毫没有让我们的生活有过改善的人。现在我们却要颠倒身份，去改善他的生活。"

然而，他们不忍心将多年来的憎恨发泄在父亲身上。同样，他们也不能在母亲身上发泄多年来的厌恶。因此他们选择了唯一能选的目标：对方。

他们会因为琐事不停地恶语中伤对方，比如时间的安排、未完成的家务事，以及在照料父亲过程中是否显得很高兴等。

威尔移动了某件物品，金花了一天的时间才找到它，随后她就会严厉斥责他的疏忽。

威尔回忆道："这些琐事慢慢发酵，变得越来越糟糕，直至有一天我们对彼此尖叫咆哮，就好像是在酒吧里撒泼的两个醉鬼。"

这些讽刺的场面让他难以忘怀。威尔说："我们曾经少年老成。但当我们终于成年后，我们的行为却像孩子一样。"

事情随着他们开始冷战而变得慢慢缓和下来，但是与自己妹妹斗争的痛苦每天都折磨着威尔。威尔表示："我回想起所有我们还是孩童时的时光，我们会在妹妹房间的桌子下挤成一团等待母亲又一次的咆哮。金是我生命中唯一一个会对我微笑、拥抱我、鼓励我的人。然而，现在我们却连谈论天气的可能也没有。"

威尔试图找到一个方法去和金和平相处。威尔的妻子和金的丈夫是他们的中间人。但是他们不断出入那座老宅，不断回忆起他们过去的痛苦。当踏出屋子时，他们都无法像曾经那样对待彼此。

正当威尔一筹莫展时，一个工作上的任务迫使他不得不退出他们要共同照料父亲的协议。他担心自己与妹妹的关系会因为他留妹妹一个人照料父亲而变得更加糟糕。

然而，这段时间的分开却开始慢慢治愈兄妹间的隔阂和创伤。

几周后，金邀请威尔到家里做客，威尔在两人吵架前甚至都很少有机会去妹妹的家里。金对威尔说："如果妈妈现在能看见我们，她一定会说'我就知道，他们两个会是这样'。"随后她补充道："我不会让它发生。"虽然仅仅是一个简单的微笑和一个拥抱，但他们两人间的感受彻底不同了。

就像那个暂停能帮助瓦妮莎·塞布斯特更好地解读对手的心理，威尔和金通过一段时间的分开得以更好地看透双方面前的问题。

威尔总结认为："身处问题之中，我们完全无法控制自己去停止无谓的争吵。但如果你能停下手头所有的事情，你可以将一些事情做得更好。"

回顾与思考

你的大脑——被给予时间与空间——可以看透你面前的问题。它能够治愈受伤的关系、战胜扑克比赛中的对手以及解决神秘的分子问题。任何一名伦敦的出租车司机都会告诉你，你的大脑——被给予时间与空间——能自我改造，从而帮助你战胜一切考试。

除此之外，你的大脑能改变你的生活，它能让你无视摆放在你面前的软糖，看见除它之外的事物。那些能无视软糖的孩子不仅仅在SAT考试中多得了210分，他们的生活也更美好简单。

从你的问题中撤退一步，环顾四周——而不是紧抓它不放——就像烘焙一个蛋糕而不是直接吃每种单独的原料。它会花费你更多的时间，但你最终将得到一个更好的东西。

两种方法：如何让你看得更长远些

"学拉小提琴。"这是商业领袖彼得·德鲁克对关于如何最佳地筹备、经营一家公司这一问题所给出的出人意料、令人难忘的建议。他的意思是我们需要跨学科思考问题，并培养自己获得更广阔的视野。我们需要拥有更多看待事物的角度并花时间将它们整合。简而言之，我们需要培养那些看起来"无关"的能力。从今天开始学一些与你的工作、家庭生活完全无关的事情，它将教会你许多对你而言非常重要的东西。

离开你的卧室。研究人员将一些人放进一个巨大的盒子中并要求他们完成一些创造性的文字任务。其他人在盒子外完成相同的任务。④盒子外的被测试者的成绩比盒子内的高了20%。离开那些受限的空间，它可能是你的卧室、餐桌、汽车或任何一个你开始紧盯问题不放的地方。走到那些开阔的地方——室外、宽阔的房间、巨大的窗边。封闭限制思想的拓展。

小结

苯的六角环状分子结构是德国化学家凯库勒在睡梦中发现的。凯库勒一直对苯的分子结构是什么样子百思不得其解，后来，他索性暂时放下，没想到梦中一条咬自己尾巴的蛇给了他灵感，让他成功破解了这一难题。生活中，不乏有人为了解决问题而钻牛角尖，但其实如果可以暂且将问题搁置、转移注意力，也许问题的答案会不期而至。因为人脑的思维会有一些无意识的延续，暂且放下就如同给了绷紧的神经一个自由的出口，反而更容易碰撞出火花。本来是在一条路上寻找答案，而转移注意力给了解决问题更多可能的方向。

逆向思维引爆
创造力

第九章

要是你想组建一支最佳的棒球队，你该怎么做呢？你会从寻找最佳球员开始，对吗？

如果你为球队配备了棒球联赛中薪资最高的球员——在棒球经理和球队老板看来他们是最佳球员——你可能会对结果大吃一惊。

2013年，在美国职业棒球联盟中有3/4的高薪球员的表现——毫不避讳地说——名不副实。

这部分人的表现如此平庸，在小联盟中处于中等水平的运动员也能达到他们的水平——而这些小联盟运动员的薪资只有他们的1/63。

很显然，如果你想要你的球队成为联赛里最佳的队伍，你需要尽量远离这些众人口中的最佳球员。

当你被问题难倒时——当你心中仅有的想法是认为这个问题无法被解决时——你需要打开思路看到它的对立面，反过来思考问题，试着思考将明显的消极因素看作积极信号的可能性。借助这些反向思维，我们能充分激发自我的创造力。

那天很热，气温非常高。在当时，空调还没成为常见的家用电器——7月的加利福尼亚州非常炎热。

当鲍勃·韦尔斯的同事到来时，鲍勃对他说的第一句话就是："今天太热了。我跳进了水池里，洗了个冷水澡。我尝试了能想到的一切方法，但没一个奏效。"

梅尔·托姆点了点头，他也是满头大汗。两人在韦尔斯位于托卢卡湖的住宅内工作得很愉快，但是托姆认为山谷里房子内的温度比其他地方要高十摄氏度。

韦尔斯递给托姆一张纸，告诉他自己还有一种方法来降温。韦尔斯说："我不知道想象冬天的场景是否能够让自己不那么热，于是我做了一个实验，坐在位子上开始写这些文字。"

加利福尼亚州南部的冬天还不够寒冷，于是韦尔斯想象自己回到了东部，想象在纽约度过寒冬的场景。

托姆认真地看着纸上的内容，他读道："炉火上烤着香喷喷的栗子，寒风从你的鼻尖猛烈地吹过，唱诗班歌唱着圣诞节的颂歌，父老乡亲们穿得像因纽特人。"

韦尔斯抱歉地表示他脑海中对冬天唯一的印象就是圣诞节。他表示这些语句都是胡乱写的，在多次试图击退炎热无果的情况下，他写下了这些话来自我娱乐。

但托姆可不这样看。他在这些胡乱写的话语中隐隐看到了一首歌曲的存在。自从托姆和韦尔斯共同签订了一份需要每月都创作一定量的新歌的合约后，他们一直不遗余力地开展这项工作。

托姆立马在钢琴旁坐下，开始尝试一些想法，他试了旋律以及和声。与此同时，韦尔斯开始了第一段歌词的创作。

当他们坐在韦尔斯的房间内汗流浃背，在炎热的7月想象寒冬时，在短短的40分钟时间内，他们就创作完成了《圣诞歌》。

他们首先将作品拿给爵士歌王纳特·金·科尔，想听听他的意见。当托姆将整首歌演奏完毕后，科尔欣喜若狂。他坚称自己要成为灌录这首歌曲的第一人。科尔告诉他们："这首歌是我的。你们听到了吗？这首歌是我的。"

虽然他们的唱片公司的老板起初驳回了这首歌，认为它就是一首"一日歌"，没有人会想要买"一首只在一年中的某一天听来是不错的歌曲"，但科尔执着的热情最终获得了胜利。

1946年，科尔首次录制了这首歌曲，随后于1953年在管弦乐队的伴奏下再次灌录，而这也成了现在我们熟知的标准版录音。这首歌对于科尔，对于托姆和韦尔斯这个创作团队而言，都是巨大的成功。不仅如此，因为这首歌是史上被录制以及演奏最多的圣诞歌曲，历经岁月的洗礼，如今在圣诞节唱这首歌已成为一项传统。

他们是如何唤起节日的简单快乐的？他们是如何创造出这些让你拥有特殊情感并带你身临其境的神奇魔力的？韦尔斯将这首歌的魅力以及持久的魔力归功于颠倒的事实：他们在7月份创作了这首歌曲。

他表示："如果我们在12月写一首圣诞歌曲，那么它将平淡无奇，丝毫没有令人难以忘怀的有特点的内容。我们将被圣诞氛围、圣诞歌曲、圣诞文字以及圣诞节的各种琐事所包围，那么这首歌将没有丝毫的魔力。这个时刻对我们而言稀松平常，而这首歌也将变得平淡无奇。"

韦尔斯说近距离看事物不等同于能看清楚事物。他表示："你不会从山的内部来描写一座山。如果你真的这样做了，你将永远无法得知人们对于它最真实的感受。"

他说："这首歌是对圣诞季最诚挚的欢庆，因为这就是我们创作时最真实的情感。"那是7月的某一天，托卢卡湖闷热得令人窒息。在那一天，圣诞节对于他俩而言无疑是梦寐以求的奢望。

现在，你将听到一些词语。在每个词语之后，请回答你脑海中想到的下一个词语。

有一点非常重要，答案不分对错。然而你也要牢记你每次的回答必须是脑海中想到的第一个词语。你想到哪个词就立马说出来。再次声明，这场测试没有及格或不及格一说。让你的大脑在没有任何压力束缚的情况下自由地工作，不要伪装自己。

词语即将出现。你的回答是？

"黑暗。"

"柔软。"

"光滑。"

"缓慢。"

"美丽。"

"高。"

"麻烦。"

"艰难。"

"公正。"

"光。"

"免费。"

"痛苦。"

"长。"

"愉快。"

"安静。"

列表上还有其他85个词。

心理学家将词语联想的回答按照年龄段进行分类，试图寻找答案与我们的性格和爱好之间的联系。在阿尔贝特·罗滕伯格研发出自己的方法之前，还没有人能想出一个可靠的方法来测量人的创造力并得出结论。

在罗滕伯格之前，研究人员将那些与众不同的回答汇总，建立的所谓的理论认为古怪的词汇搭配向我们展现了创造力。但是与众不同的回答实际上更多展现的是一个人的词汇量，而不是他们得出的富有创造性回答的能力。

罗滕伯格发展了一套理论，他认为创新的回答源自于想象那些对立矛盾的概念、想法和图像的能力。同时得出对立的想法使得一个人拥有从多种角度看待问题的能力。这些多样的看法极大地增大了寻找到一个独一无二或令人吃惊的解决方法的可能性。

在这个词汇联想的测试中，罗滕伯格相信回答中出现的反义词越多，回答者的创造力就越高。

他通过比较频繁参与创造性项目和参与普通工作的两组人群的回答来验证自己的假设。他的假设是正确的。参与创造性工作的小组给出的反义词数量比普通组多了25%——速度也快了12%。[①]

罗滕伯格反复进行了测试，分类人群不仅包含创造性艺术的从业者，还包括商界富有创造力的领袖。每次，更富有创造力的小组给出的回答中

166

包含更多的反义词。②他甚至收集了12位诺贝尔奖得主的回答——最终显示在罗滕伯格所有的测试小组中，他们在最短的时间内给出了最多的反义词回答。

在所有这些富有创造力的人中，罗滕伯格发现他们回答反义词时用时非常短暂，几乎是不假思索地脱口而出。换言之，这些人很自然地将一个词与它的反义词归为一类——脑海中同时储藏着互相对立的观念与想法。

罗滕伯格采访了小说家、诗人以及写作其他类型作品的作家，这些人思想中具有矛盾冲突的程度让他印象深刻。他们能在同一时间思考如何践行抽象和具体的想法。他们能设想一个人身上所具备的优缺点。他们包容冲突，而这也使得他们能发现更多新奇的事物。罗滕伯格确实发现，正是对矛盾冲突观念的一视同仁使得作家们得以创作出与众不同、令人感到惊讶的作品。

在罗滕伯格的结论中，一个引人注目的因素是无论是反义词的选择还是一个人所展现出的创造力都与智力无关。他让参加词语联想测试的人单独进行智力测试——最终证明他们的智力水平与反义词的使用或创造力都毫无关系。同样，当罗滕伯格的研究对象是学生时，他收集了他们的SAT成绩，结果再次表明分数与创造力无关。

我们通常认为创造性的解决方法专属于特定人群。事实并非如此。我们每个人都可以变得富有创造性，如果我们能放飞自我，那么我们对于任何问题都能找到答案。你的回答中包含多少反义词？如果超过七个，你将归属于罗滕伯格认定的富有创造力的小组。但无论你的个数是多少，你都必须让自己的大脑欢迎矛盾对立的想法。打开你的思路，无视你面前的问题，答案也将随之而来。

当然，问题就在你的面前，非常显而易见。如果你的头脑能想到它的对立面，这意味着你在受问题困扰的同时依旧坚信它是可以被解决的。你不仅能看到眼前的问题，还能从不同的角度审视它，发现它后面的答案。事实上，罗滕伯格发现，接受对立矛盾想法的程度越高，你能得到的创造性思维就越多。或者换言之，你能忽略的问题越大，你能找到的答案就越好。

当保罗·韦尔斯通让比尔·希尔斯曼为自己的美国参议院竞选做宣传时，韦尔斯通身无分文，默默无闻，并且他在民意调查中落后30多个百分点。简而言之，他当选的希望渺茫。

但乐于挑战的希尔斯曼欣然接受了这个机会。

当竞选团队里的其他专家狂热地想要克服资金问题，使得韦尔斯通变得更主流、更像一名参议员时，希尔斯曼却持截然不同的观点。

希尔斯曼认为政客们被困在了旧调重弹的假设陷阱中，他们按部就班地开展竞选步骤，然而他们已不知重复了多少次同样的事情，却苦涩地发现他们完全没有搞清楚和利用候选人身上令人瞩目、独一无二的特质和优势。结果就是，选民们在电视上看到竞选的广告后就按下了静音键。

希尔斯曼在韦尔斯通身上看到了一些独一无二的特质——而它们却碰巧是整个团队成员试图去克服的缺点。相对于要在7月写一首圣诞歌，希尔斯曼认为竞选时采取的传统方法是肤浅的、无聊的，且充满瑕疵。当团队成员试图将韦尔斯通塑造成一位典型的参议员候选人，改变他又短又蓬的发型以及感性的大学教授身份时，希尔斯曼却认为这些并不是韦尔斯通的问题，相反，这些是他的财富。

希尔斯曼甚至不担心可怕的资金问题。他并没有徒劳地试图解决韦尔斯通与对手间1∶20的资金鸿沟，相反，他认为团队应该花心思将竞选广告做得比对手好20倍。他并没有担心韦尔斯通长得并不像典型的候选人，比如要拥有完美的参议员发型，相反他认为团队可以真实地展现韦尔斯通，让他成为选民们愿意相信、喜爱和信任的真实的普通人。

凭借这个想法和对竞选活动中的其他问题的忽视，希尔斯曼开始制作前人从未想到过的广告。他从"快速的保罗"入手，在这则广告中韦尔斯通语速飞快，他的身影也随着广告背景的不断切换，在屏幕中从医院到学校再到河岸而不断地出现、消失。韦尔斯通的开场白解释他语速飞快的原因是他并不像对手那样拥有百万美元。在30秒的时间内，他介绍了自己的家庭、背景、最首要的任务，同时他将这次竞选描述为一个真实的人与金钱大鳄之间的对决。

这则竞选广告与选民们看过百万次的宣传候选人的广告截然不同。屏幕上出现的不是一名政客。没有政客会在竞选广告中向公众坦言自己没有足够的资金，没有政客会有意地加快语速。这一切都与众不同。你不需要按下静音键，这则竞选广告很有趣、很吸引人。你不知不觉中就接收了一个信息——韦尔斯通这个家伙是一个真实的人。

希尔斯曼并没有让团队伙伴跟踪民意调查来检验这则广告是否起效。他们缺乏足够的资金来进行调研，希尔斯曼相信他能通过自己的方式得到更可靠的数据。他来到餐馆、棒球场、街头听市民们的闲谈。如果他的广告足够好，人们一定会谈论它。如果他们没有谈论它，那么说明他没有把那则竞选广告做好。

随后，希尔斯曼继续进行竞选广告的拍摄，这一则名为"寻找鲁迪"。它主要描述了韦尔斯通在明尼苏达州四处寻找他的对手——现任参议员鲁迪·博希威茨。博希威茨当时不屑与韦尔斯通展开辩论赛，大部分的时间都住在华盛顿。他觉得韦尔斯通只不过是一个小麻烦，在竞选当日他一定会铩羽而归。希尔斯曼打破了政治广告宣传的所有规则，他推出的广告时长2分钟而不是30秒，并且内容不涉及任何一个模式化的话题。相反，他的内容令人难以忘怀，例如韦尔斯通拜访博希威茨竞选总部，询问参议员博希威茨是否在办公室，他不在。更绝的是，韦尔斯通随后向一名工作人员询问是否觉得他和博希威茨之间应该有一场辩论。工作人员对于这个问题感到很错愕，并拒绝给出答案。

随后，韦尔斯通向前台小姐借了一支笔，草草写下自己的手机号码留给博希威茨。他想到自己的竞选团队可买不起这么漂亮的笔，于是他询问是否能带走这支笔。

没有人能对这个广告按下静音键，甚至没有人会转移目光。竞选广告从来没有这么长，因为谁会愿意花两分钟的时间来看一段粗糙的资料片并听那堆夸大其词的废话。但是这则广告——却激发了人们的兴趣。

随着广告的推进，韦尔斯通试图在商业活动中寻找鲁迪的身影，他也试着通过电话联系鲁迪，然而一切都是徒劳。

韦尔斯通的竞选团队只能承担一次广告的费用。但是这则广告太引人注目以至它在国家新闻节目中被播出。它是如此有趣以至看过广告后没有人还需要看第二遍。

看过广告后，保罗·韦尔斯通给人留下的印象是他是一个讨喜、友善、有趣的人，最重要的是他是一个真实的人。而博希威茨在不知不觉间给人留下了华盛顿大鳄的形象，太狂妄自大以致都不愿为了选举而出现在公众的视野里。

《寻找鲁迪》被一份商业出版物评为史上最成功的政治宣传片。事实上，这则广告超强的影响力，使得博希威茨只得颇为尴尬地同意与韦尔斯通进行辩论。辩论更像是一场免费为竞选做的广告，不需要任何的金钱投入，同时也帮助韦尔斯进一步丰富了故事情节，即他是一个真实的人，正与华盛顿的局内人竞选参议员。

希尔斯曼坚信如果整个团队将韦尔斯通不同于传统参议员的特点视为问题的话，他们将很有可能会再次失去40个百分点。而现在，在两人之间展开了选举，当选票最终被合计完毕后，韦尔斯通以之前接近40个百分点的劣势反超，最终以获得47 000张选票赢得了选举。

当20多年后回看当时的竞选时，希尔斯曼对于此后政治性广告宣传甚少有新突破的事实感到非常吃惊。他表示："这些广告全都以调研为背景，太刻板、单一，同时也缺乏艺术性。它们仅有的效果就是告知大众它们是政治宣传片，这样人们就能立刻忽略它，转而在人生接下来的30秒钟内做一些更有意义的事。"

希尔斯曼认为这些政治性广告的制作人在一定程度上能使大众恼怒，而不愿意为他们的候选人投票。如果他们试图将这些手法运用到商业广告中，"他们一定会被扔出窗外"，因为他们的广告会制作得一塌糊涂。

希尔斯曼表示，一个典型的政治性广告所传递的信息很可能是"我和其他的候选人没什么不同"。如果你想要在一堆政治性的广告中引人注目，那么你就得反过来"做相反的事情——突出强调其他人害怕去展示的内容"。

美国在1944年的冬天将国内所有的物资都投放给海陆空三军。整个国家在大量生产尽可能多的坦克、飞机等各种武器。士兵们以前所未有的速度被征召入伍，参加集训后被送往海外。然而，军队领袖们仍需要更多的支援。

他们在相隔5000英里远的两个战场同时作战。他们需要更多的士兵，他们需要更多的武器。他们总是需要更多。

但不可能更多了。所有能够提供的物资都已经生产完毕了。

扩大美国军事力量的唯一的方法就是等待，但等待同样是不可能的事。敌人只会变得更加强大，它们征服的胃口只会变得愈加贪得无厌。

紧盯着问题不放得不到任何的方法。你需要更多的物资，但你又得不到更多的物资；你需要通过等待来获得更多的物资，但你不能再等了。它就是一个没有出路的圆圈。

不过将局势颠倒过来审视——正如军队在1944年所做的一样——方法就呼之欲出。军队的目的不是要变得庞大和强壮，它的目的是取得胜利。庞大、强悍的军队毫无疑问能帮助你获胜，因为力量能威胁震慑到对手从而影响它的行为。因此，军队将领们推理认为即使你不能获得更多的坦克和兵力，你也可以做出拥有更多兵力和坦克的假象，这将同样有效。而这正是他们得出的解决方法。

凭借成立第23号总部特种部队，将领们集合了一个营队的士兵，他们的作战武器是自己的想象力。士兵们来自艺校及广告、建筑和电影制作公司，他们的任务就是在任何需要的地点召唤模拟出一个军队。

第23号部队的士兵们在战争中没有进行任何的战斗——他们却被认为拯救了数以万计的生命。他们分散开并拖延了敌人的军力，使敌人无法应对美国军队的真正攻击。

这支特殊部队里诞生了之后的时尚设计师比尔·布拉斯、抽象印象主义画家埃尔斯沃思·凯利，以及数百位富有创造力、想象力的人士，他们通力合作完成了这项他们称为"气氛"的任务，创造了一个多维的效果让人们以为强大的军事力量在需要的时刻可以随时集结起来。

他们设计了充气版的坦克、吉普车和飞机。通过部署这些军事装备来欺骗从上空俯视侦察敌情的德国侦察机。

他们通过驾驶100辆运输卡车轰隆隆地穿过法国一个小镇的中心，创造了一种大规模士兵在行进的假象——虽然实际上只有两辆卡车从小镇驶过，它们在反复不停地来回绕圈。

通过在肯塔基州的诺克斯堡提前录制好声音，他们通过无线广播播放了引擎的轰鸣声以及齿轮的刺耳声音，因此方圆几英里的人们都能听到好似大规模军队行进的声音。

他们自导自演了一出迷你剧，剧中来自第23号特种部队的士兵们坐在一家法国酒吧的角落，仿佛醉醺醺地忘乎所以，大声透露出下一次袭击的作战计划。

他们伪造了建筑工地，让敌人以为他们正准备建造一座大桥，向敌人透露出一条虚构的战争路线。

在法国、卢森堡、比利时、荷兰和德国，第23号特种部队给敌军制造了一系列错误的指引。

他们的最后一项重要的任务就是帮助美国军队横渡莱茵河，展开与德军最终的殊死搏斗。美军已经针对雷马根设定了真实的横渡计划，而第23号部队需要"袭击"莱茵河下游72英里处的菲尔森县。菲尔森计划包括成千上万辆充气式的坦克和吉普车、汽笛风琴的声音、虚构的桥梁建造，以及一大批为受到虚假袭击的伤员而准备的虚假的医疗设备。

一位军队的将领表示单单是莱茵河的转移就拯救了10 000人的生命。

从根本上而言，第23号特种部队的胜利源于创造力，首先富有创造力地想出这个主意组建这支团队，随后允许部队中每一个成员充分运用自己的头脑来完成让军事力量显得更强大的任务。

想象一下用虚假的坦克和比尔·布拉斯与可怕的德国作战武器相对抗的情景。这听起来好像与应对一场战争截然相悖。它也的确如此——而这就是它为何如此有效的原因。

回顾与思考

拥有看到事物对立面的能力，为人们打开一个充满新的可能以及原创想法的世界。看到事物的对立面，能使得大众在基于那些他人看来是弱点的特质而选择该候选人成为一名参议员。它能借助虚假的表演来帮助获取战争的胜利。

它使得人们在一个汗流浃背的夏日创造出一首经典的圣诞歌。

包容事物对立面的能量，在于看见他人无法看见的事物，做那些他人从未做过的事情，当其他人都放弃的时候依旧选择相信。因为其他人对自我的限制不再有用。如果你能看到对立面，那么问题将无法阻止你前行的脚步——如果你能像梅尔·托姆、鲍勃·韦尔斯和比尔·希尔斯曼一样将问题看作一份礼物。

反过来看待问题的能量，在于它让我们能自由地思考一种新的回答。这就是为什么阿尔贝特·罗滕伯格发现富有创造力的人群对反义词的关注度比常人高25%。

反向思维就好像打开了你头脑中的水闸——你不会相信自己之前被抑制了那么多的想法，直至你看到它们喷涌而出。

两种方法：选择另一条路

不要跟随领袖。我们喜欢听从领袖的话语，认为他们有知识、有经验、有决断，能找到最好的解决方法。但是在很多案例中，领袖往往坚持着自己糟糕的主意不放。当一位经济学家检验了全美橄榄球联盟教练的决策判断情况后，他发现教练在89.8%的比赛时间内都无法做出更具有攻击性、更有效的选择。[3]从理论上分析，教练们制定的"系统、清晰和重要的策略，恰恰完全与能使队伍获胜概率最大化的决定相违背"。简单地说，如果32名在职业橄榄球赛担任领袖角色的人在89.8%的比赛时间内都做出了错误的决定，那么你应该忽略领袖们所给出的陈旧的答案。

离题。当霍尔登·考尔菲尔德就读的班级里的一名同学在演讲中偏离中心思想时，男孩们取笑般地大喊："离题了！"总而言之，《麦田里的守望者》（*Catcher in the Rye*）一书中的这幕场景概述了霍尔登在学校里的悲惨遭遇。在这所学校里，打破常规的想法受到了憎恶。然而在霍尔登的学校之外的地方，离题却应该被珍视。当你将看似无关的想法相整合时，你就能用新颖的角度来看到问题并创造出原创的解决方法。当你下次试图想出一个大胆的回答时，请第一时间抓住机会勇敢地偏离主题。

小结

1820年，丹麦哥本哈根大学物理学教授奥斯特通过实验验证了电流的磁效应。后来，英国物理学家法拉第怀着极大的兴趣重复了他的实验。随着德国古典哲学辩证思想的传播，法拉第有个设想，他认为既然电能产生磁场，那么磁场也能产生电。十年后，法拉第通过实验验证了他的设想，并在1831年提出了著名的电磁感应定律，这一定律极大地改观了现代文明的面貌！反常规思维方式常常能带给我们一些新的转机，但也需要我们主动破除一些思维壁垒。方法得当，创造力将会呈井喷之势。

你的问题就是
想太多

第十章

在你告诉任何人之前，要是你需要将自己所有的想法都在能占卜未来的魔力8号球上进行测试，结果会怎么样呢？你会解释你的计划，询问魔力球这是否是一个好主意，随后你会晃动魔力球，它会回答"是"或"否"，或"请稍后再问"。

凭直觉，我们认为让魔力8号球来评估我们的思想、否定我们的希望非常荒诞，但实际上它与你接下来会向他们倾吐心声的伙伴相比，很有可能是一个更好的回音板。它的回答确实是随机的，但它至少永远不会将一个问题变成更多问题。

其他人会跟你有同样的困扰。当你找到解决方案时，旁人又会不断质疑。然而魔力球却正相反，它有50%的概率提供积极的回答。

为了让自己有机会找到一个解决方法，你必须学会倾听自己的声音。解决方法就在你的心中，但是当你发现解决方法时，你面对的最大威胁就是让其他人的声音盖过自己的想法。

其他人会说不，还会分享他们的困惑。这并不是因为你是错的—— 一切仅仅是因为这就是其他人处理问题的方式。他们看见了问题，如果能找到解决方法，早就会提出了。

不受拘束的思想才具有力量，它是你走向答案的通行证。每一个旁观者的声音都是减缓你脚步的障碍。

在关键的时刻，一个人的想法会促使其行动，而一堆人的想法则会带来犹豫和困惑。

现在请听好。

你有自己的答案，解决方法就在你心中。好好地聆听它。

你该如何一个人将自己的工作做到最好？告诉合作者该做什么，展示给他们看。对着他们大吼，提醒他们，限制他们的选择，从而使他们必须按照正确的方法去完成。让他们保持高度的警觉心，一再要求他们，做一切必要的事情表明自己的要求，不接受任何不符合要求的改变。

至少，这一切普遍适用于电影的拍摄制作。这些怒吼声以及东奔西走的身影的主人就是导演，他大声发号施令，跟踪每一个细节来确保他的想法能如实地展现。

克林特·伊斯特伍德是如何指导吉恩·哈克曼、西恩·潘、蒂姆·罗宾斯、摩根·弗里曼以及希拉里·斯旺克达到荣获奥斯卡奖水平的表现的呢？他反其道而行之，没有做以上的任何一件事。

伊斯特伍德希望他的演员们能好好演戏，不要因为自己的言语变得战战兢兢。他希望演员能完全进入角色、融入剧本的情境之中，而不是一次次被他的指导、叫喊声和时刻悬在心间的害怕打断。他相信，最好的表现来自演员的领悟和自我觉醒，而不是将想法强加在他们身上。

伊斯特伍德太信任自己的演员和他们的演技，以至一些人在最初的时候会质疑自己是否胜任这份工作。蒂姆·罗宾斯曾凭借伊斯特伍德导演的《神秘河》（*Mystic River*）获得奥斯卡奖，他表示，自己一开始被导演给予角色塑造上的自由度给惊吓到了。他说："你会怀疑自己是否能够胜任，然而很快你会发现，当然可以。"

给予自由在演员走进影棚前很久就已开始。伊斯特伍德不希望他的演员们接受试镜，也不希望演员们完全不了解故事情节以及角色特点的时候了解导演是如何解读剧本的。他不希望他们受困于自己最初时对角色的描摹，进而认为他们必须在影片的实际拍摄中机械地复制。相反，他只观看演员们先前的影视作品，并琢磨他们在自己的影片中能胜任何种角色。

伊斯特伍德拍摄时的环境很沉静。没有响铃声，没有助手四处奔跑大喊大叫，没有人指着演员的脸大声责骂。没有人会打断、惊吓他的演员，导致他们出戏。

伊斯特伍德非常偏爱安静的拍摄环境，但真正确立下这一习惯却不是在他担任导演一职的时候，而是在他利用空闲时间参演《火线狙击》（*In the Line of Fire*）的时候。他解释说："我走在《火线狙击》的拍摄现场，突然响起了铃声。当周围的环境嘈杂不安时，人的神经会受到刺激。于是我就说：'这些铃声代表了什么？这里可没有火灾。'助理在一边不停地叫喊。我对他说：'现在试着放松。如果你不停地叫喊，每个人都将大声叫喊，试图盖过你的声音。所以说话声音轻一些，每一个人都会转而和你轻声地说话。'"

因为伊斯特伍德相信最佳的表演来自自身，而不是依靠外物。他也表现得很安静。他不会通过监视器来指导电影拍摄，而会直接看演员的表演。如果他能与之共鸣，就知道这段表演不错。他并不会时时刻刻对演员们的表现指手画脚，也不会跟自己的演员喋喋不休地分析每个场景中的取景镜头。事实上，他也不能做这样的事情，因为他不会把一个镜头拍许多遍。对他而言，一到两次就足够了。

演员们知道他们的表演何时需要全情投入，何时需要点到即止，他们也无须担心自己会像个机器人般将一个场景重复上演十几二十遍。演员们的演技也在一遍即过的电影拍摄中得以成长。

在伊斯特伍德的片场，甚至没有人会喊"开拍！"，因为没有人会在这些角色真实演绎的生活里喊"开拍！"，他希望演员能进入角色的精神世界，而不是像个机器一样入侵它的身体。他表示："我永远无法理解为什么会有导演总是大喊'开拍'，它有点类似于肾上腺素，但在特定的场景中你并不想要这种肾上腺素。"

恰恰相反，他打开摄像机的时候，会轻声地说"让我们来演这幕场景，看看效果如何吧"，或者仅仅是打一声响指。有时他会在演员们以为自己正在预演彩排阶段进行拍摄，因为他希望捕捉演员更自由、更自然、更怡然自得的表演。

拍摄完一幕场景后，他不会打断制片人的工作来观看录像评估演员的表现。他也不会额外拍摄记录这些场景，这就意味着当一个场景结束后，他会直接转到下一个场景。演员们也无须频繁地跳脱出角色的内心状态，因为他们会很快进入下一个场景的拍摄。

伊斯特伍德的导演哲学归纳而言非常简单：别挡路。当你让人们自由发挥时，他们会表现出最佳状态。摩根·弗里曼凭借伊斯特伍德导演的《百万宝贝》（*Million Dollar Baby*）荣获奥斯卡奖，他坚信伊斯特伍德的方法促成了他最出色的表演。同时他也相信每一个人都可以学习伊斯特伍德的方法并将之应用到生意、团队或人生的管理中。弗里曼说："克林特·伊斯特伍德能教授给我们的经验就是：人们应该独自完成自己的工作。他唯一的要求就是你要像他一样准备就绪。"

当莫里斯·利姆·米勒收到警告说城镇里的情况非常不妙，50%的学生高中没毕业就退学时，他的回答令他的随从猝不及防。他说："告诉我剩余50%的学生的情况。他们是如何顺利毕业的？"

这就是米勒对抗贫穷的方法的精髓。在社会服务部里，到处都充斥着穷人无法完成的事情，而米勒却想要知道他们能做些什么。

多年来，米勒领导的组织致力于用传统的方法带领人们脱贫。他们走进贫困家庭干预他们的日常生活。他始终记得当他陪伴组织中的一名社工拜访一个家庭时的感受。家庭成员都是新来的难民，他们侥幸从种族屠杀中逃脱，从海盗横行的水域来到世界的另一边开始新的生活。这个家庭里的母亲站在一边，被一名岁数差不多小她一半的社工教育需要在哪里在什么时间做什么事情。这位母亲顺从地聆听着社工的演讲，但是在房间里的孩子却因为屈辱而变得躁动不安。

米勒能明白这种角色交换的荒唐。社工的出发点是善良的，但是他却教导着一位拥有无限潜能的女士，不厌其烦地告诫她该如何经营自己的生活。这会起到逆反效果。米勒想要知道这位女士能够教会我们什么？

社工认为这位女士已经被他人影响，习惯将自己看成—— 一个案例、一个问题、一个充满缺陷的人。这位女士现在没有足够的金钱来支撑自己的家庭，而社工来到她家的目的就是告知她这个问题。

正如克林特·伊斯特伍德质疑告诉演员如何表演这一行为的价值，米勒同样对告诉穷人为何变得贫穷这件事情持保留意见。

除了他自己的组织，米勒意识到社会服务机构对贫困问题的理解颇为雷同。米勒表示："关于穷人有着太多的陈词滥调——低收入意味着糟糕的生活。没有人有兴趣或有意愿从低收入家庭那里学到一些东西。"在米勒看来，政策制定者、教授、机构、积极分子，以及捐款人都在用同样的目光来看待这个世界。

当米勒还是一个小男孩时，他的母亲艰难地维持着家里的温饱。但是向他人寻求帮助是一个太伤人自尊的过程，她的母亲无法忍受这种屈辱。米勒从母亲的眼神中、在那个难民家庭中看到了这种屈辱。他在每一个被认为糟糕透顶的穷人身上看到了它。他知道，当我们帮助他人时，我们从中得到了骄傲、决定权和控制感。得到帮助的同时也意味着放弃，接受帮助的人要被迫改变自己看待问题的思维模式。当米勒谈到我们对待穷人的方式时表示："人们对于穷人需求的关注，使我们无法看到他们自身的力量，这同时阻碍了穷人看到他们自身拥有的力量。"

米勒想要打破这种思维定式。他表示我们需要摘下眼罩。不要再去思考穷人们缺乏什么，不要再去认为穷人们需要被告知应该做什么事。

米勒秉持的观念引导他发现了一种全新的方法。

他开始了自己称为"家庭独立计划"的项目，首批试验者是来自奥克兰的12个家庭。他没有雇用任何一名社工，也没有告知这些家庭接下来需要做什么。相反，他提出了问题。

他询问这些家庭想要怎样的生活，他询问他们该如何实现自己的愿望。他询问他们的计划，询问他们接下来做什么。

他将这些家庭分为三组，每一组内的人群境况都类似，是一个现成的社交网络。他为每组定好每月一次的例会，询问每个人的情况，跟踪他们的目标和付出的努力。

他对自己的员工有一个硬性的规定——永远不要告诉任何人该做什么，永远不要告诉任何人该如何去做。

虽然，对每个家庭进行全面社会服务干预的花费是米勒预算的好几倍，但他相信给每个家庭配置一台电脑、给予每个家庭每月不超过200美元的资助就能够帮助这些家庭达成他们的目标，并最终对他们的生活起到革命性的影响。米勒解释说："穷人并不是处于自由落体状态，他们不需要网兜，他们需要的是跳板。"

计划的效果令人大吃一惊——那些家庭的收入猛增。他们开始第一次向银行账户里存钱，几乎1/3的家庭开始做一些小生意。效果不局限于经济方面。米勒的努力消除了这些家庭成员心中的绝望和孤立感。如今91%的人表示他们拥有了值得信赖的朋友，这一比例在两年里翻了三倍。

人们在项目中取得的进步看起来不大，但是它的影响却是里程碑式的。塔玛拉是旧金山的一位单亲妈妈，她虽有一份稳定的工作，但是每月仍得艰难地应付各种账单和租金。当她加入这个项目时说出了自己的目标：她想要成为一名城市公交司机。当被要求安排具体的计划去实现目标时，她清楚地说出了能使她进入驾校、成功获得驾驶资格的具体步骤。每个月与其他家庭的例会给予她一种责任感，她需要向大家展现自己的认真以及取得的进步。

她拿着攒下来的钱，请了一周的假来到驾校学习。她出色地完成了驾校的课程，并成为一名合格的驾驶员。新工作的工资像一张保护毯，她对于月底前可能会资金短缺的恐惧消失了。她开始为支付房子的首付款而存钱——两年不到她就让整个家庭搬进了第一个属于他们自己的家。

米勒创办家庭独立计划是因为他没有听从其他人对于贫穷的看法。现在他要求他的合作伙伴去做一件事：聆听。他高兴地说："对于塔玛拉的人生我没有答案。但是她有。"

这是一项关于顾客喜好的研究。他们准备询问你是否喜欢一款新的游戏、谜题或其他的事物。

你很容易就能获得几美元，而且调研也不会占据你太多时间。

你在商场门口遇见一位女士，她是超市的调研员。她告诉你今天会向你展示几款新产品并询问你的反馈。

当她带你进入超市时，你从开着门的办公室外走过。那个房间很简洁，里面只有一张桌子、一把椅子、一个文件柜，以及一个堆满文件的大书架。

这位女士带你走进隔壁的会议室。你发现它是你看见的办公室的一部分，中间被手风琴模样的伸缩式房板隔开了。她告诉你有一张问卷需要填写，内容主要是关于兴趣爱好和购物习惯的。当你填写完问卷后，她说自己要回办公室完成一些事情，会在十分钟内回到会议室。

当你看着问卷的时候，能听到她在手风琴墙板另一端整理纸张和抽屉开合的声音。

四分钟后，听起来好似这位女士正在办公室里移动某样东西。如果你仔细听，你猜出她站上了椅子，很明显是在书架顶部寻找着什么东西。

然后，椅子倒了下来。你听到轰隆一声，伴随着尖叫，她摔了下来。

她哭喊道："哦，天哪，我的脚……我……我……不能动了。哦……我的脚踝。"

她哀号道："我……无法将这……个东西……从我身上拿开。"书架一定是压在她身上了。

她不停地哭喊呻吟。

你会怎么做？

你是直接推开隔板，还是走出会议室从门口进入办公室？

你会大声询问她是否需要帮助？

你是否会坐在一边，思索整件事情，迟迟不敢行动？

毫无疑问，这才是实验真正的内容。没有游戏，没有谜题，有的只是一个精心设计的意外事件，发生在离你几步之遥的地方。如果是你，会提供帮助吗？

在那些离开位子提供帮助和安坐原地毫无作为的人之间有一个巨大

的区别。当被测试者是单独一人完成问卷时，他们会迅速地帮助那位女士。①当被测试者是与一大群人坐在会议室填写问卷时，他们通常不会采取任何行动。事实上，一个人向女士提供帮助的可能性是一群人同在时的十倍。

为什么存在如此巨大的差异？每个人都听到了同样的悲痛声——那些重击声、呻吟和哭喊声都来自录音机。每个人都离那位受伤的女士只有几步之遥。你甚至不需要离开自己的座位就能向她询问，你甚至不需要离开房间就能看到屏风后的场景，但如果现场还有其他人，你就不会多管"闲事"。这是为什么？

这项研究的设计者比布·拉塔内和朱迪思·罗丹表示："旁观者在行动之前会寻求他人的指示。"

房间里有另外一个人时，你除了要考虑受伤女士的需求外，还有其他的因素需要考虑——你的行为与其他人的一致性。你做的事情是对的吗？你是否过度反应了？其他人会如何看待我？有另一个人在场的时候，我们会希望自己的行为得到认可。

当两个或两个以上的人"都听到了紧急状况发生时，他们似乎会很明显地感到困惑和关注，试图解读他们听到的内容并决定随后的做法"。拉塔内和罗丹写道："他们通常会暗中偷瞄其他人，很显然他们急于发现其他人的反应，但又不愿意和别人对视，泄露自己的担心。"

你在小组中并不是对一切都漠不关心，你只是想用正确的方式来表达关心。

当没有人向她伸出援手时，几分钟过后研究人员会匍匐前行，然后一瘸一拐地走进房间，她询问人们为什么对她的痛苦无动于衷。没有人表示他们是在等着看其他人的反应，没有人。

而这正是向群体屈服的力量。我们不仅将自己的想法和优先权放在他人之后，而且我们放弃了独立思考，我们甚至都没有意识到自己已经手举白旗。

当那位女士步履蹒跚地走进房间时，故意忽视她哭喊的被测试者并没有道歉。他们没有评判自己的行为，也没有发誓从现在起审视自己的行为，并不会觉得自己有错，因为他们的行为都在其他人可接受的范围内。

对于单独坐在房间里的人而言，他们几乎没有任何犹豫。清晰且发自内心的声音曾指引着克林特·伊斯特伍德手下的那些演员以及莫里斯·利姆·米勒的资助对象。这些声音同样也指引着办公室内的独立个体在危险发生后立即行动。这个清晰且发自内心的声音使得他们时刻准备提供帮助。它使得他们能判断出需要做的事并立即行动。当我们聆听自己的声音时，我们就不会陷入一个又一个问题之中。当我们聆听自己的声音时，我们就能找到解决方法。

拉塔内和罗丹总结说："人多可能就会有安全感，但是这些实验表明如果你卷入一场紧急情况，最佳的旁观者数量是'一'。"

一个旁观者能独立地思考和行动，一个旁观者能由衷地做出反应。他不用将自己的行为与他人进行比较，也无须猜测旁人对自己的看法。无论一个人是被书架压倒，还是需要摆脱危险、不体面的生活，"一"这个数字都代表着果决的执行力。

日为妓，终生为妓。每当米兰达说自己想要洗心革面重新做人时，这句刺耳的话都会出现在她的脑海中。

事实上，每次米兰达对她认识的伙伴说她需要另谋出路时，她总会听到长篇累牍的理由表明它的不切实际。她找不到另一份像这样高薪的工作，如果她足够幸运找到的话，也无法适应刻板无趣的生活。此外，她真的愿意放弃这份职业到外面清理杂草、粉刷墙壁，并居住在自己幻想中的小屋里吗？

当你将这些原因一一罗列完毕，发现她完全无法维持一份生计，也无法离开这个行业。在这行业里的每一个人都这样看待她的生活——看待她们自己的生活——并告诉她要像她们一样认命。

她几乎无法忍受同伴身上散发的消极情绪，她不知道自己该如何证明旁人的想法是错误的。她想知道走向正常生活的第一步应该是什么。离开原有的生活而无所事事、没有任何计划似乎是一个非常冒险的行为，但是一边继续工作一边计划未来又令人感到压抑。她真的不知道该做什么使得希望发生的事情成为可能。

幸而她能通过与众不同的爱好来分散自己的注意力。它对于缓解压力非常有效，还能带来一丁点胜利感。

米兰达结合自己的专业知识、技术理解力以及不那么正确的侦探式的洞察力形成了她所称为的"一个人的女子真相队"。

她投身于揭露当地卖淫行业的各种假冒者、欺骗手段以及作案方式。如果网络上的广告中有一张照片在她看来不太对劲——比如灯光太好了或者拍摄的角度暗示这张照片是经过精心设计的，或者背景看着太奇特，与当地的女孩太不相称——她就会将它标记为潜在的假冒品。米兰达随后就会检索网络资源找到它的来源。通常这张照片会被其他城市的不同妓女使用，她们都声称自己的外貌就是如此漂亮。

米兰达创立了自己的网络虚假照片库以警示她的顾客和其他人，告诉他们照片上的女人在他们赴约时不会出现。虚假照片的目的在于引诱客人来到门前——因为他们已经花费了太多的时间与精力，所以他们看到这些真实的不那么吸引人的妓女后也不会选择离开。

米兰达同时也密切关注名字频繁变更这一现象。她感觉嗅到了一丝欺诈的味道。她会试图将一位女士使用的各种名字相联系，随后搜集她之前的顾客对她的评价。通常变更名字的目的在于不让人发现一些问题，比如曾经骗走过顾客的钱。最简单的方式就是，妓女会坚持要求提前支付钱款，随后她会拿着钱从车上来到宾馆的房间。通常的手段包括将钱藏在自己的住处，随后进卫生间梳洗一番。此时从隔壁房间走进来一名长得很吓人、自称是她男朋友的男子质问顾客在房间里做什么。没有人在这种情况下能把自己的钱要回来。

米兰达另一个留心观察的危险信号就是可疑的警方。当她看到一则新的从业者发布的应招广告时，如果广告中那名女士坚持让客人来到自己的住处，但是对于自己的经验和价格的信息却没有涉及，米兰达就会用特殊暗语标记。警方不会对这个行业的细节有太过深入的了解。他们必须要控制整个场面，所以他们会坚持让顾客来到自己的地盘。

米兰达明白这就是一场说谎者的买卖，但是她不认为这个行业必须这样。她相信每当有人受骗，就会增加她取信于顾客的难度，以及以此谋生的难度。米兰达觉得发现那些假冒者的伪装，并将它们曝光在她的数据库是件有趣的事。

结果就是，在为妓女改善工作环境的同时，米兰达的生意也越来越好。她赢得了无数顾客的信任与忠诚，他们因为她免受欺诈、偷窃或拘捕。

但更重要的是，正是她的这项爱好最终彻底帮助她摆脱妓女的身份，重启新的人生。

当她沉浸在一项冗长的关于一家陪护机构的网站调查时，她觉得那是一个钓鱼网站，但又始终无法确定。于是她借助黑客和技术怪才们偏爱的网络留言板，描述了对她称为"网络销售欺诈"的兴趣，并寻求帮助，来揭露这一可疑的网站。

她的提问引来了潮水般的回复，其中许多回复帮助她看到了网站的源代码并找到它的建立地点。在米兰达感谢了网友们的帮助后，一名回复者让她联系自己。

米兰达很紧张，担心黑客中有人知道了自己的职业，害怕身份被揭穿后会让自己的生活变得更艰难，但她没有过度惊慌，迅速回复了一条信息。

她猜对了，回帖者确实知道了她的身份，但他留言的目的是想知道米兰达是否对一份新工作有兴趣，该男子经营着一家网络信誉公司，其他公司通过它能确定它们的竞争对手是否操纵评论报告以及试图用假冒伪劣商品来抢占市场。基于米兰达对于操纵篡改这一方面的火眼金睛，该男子认为她或许能成为他团队中的一员大将。

他联系米兰达商量合作的事情，待遇非常好，工作时间也很灵活，着装也无须刻板。米兰达不等他说完就迫不及待地想要接受这份工作，但她压抑住自己激动的心情，说需要一天的时间来考虑。他表示当然可以。她不断思考这份工作是否可能是骗人的。

但她找不出这名男子和他的公司有任何的问题。于是她在当天辞去了原来的工作。

米兰达并没有回想原来的伙伴们对她的嘲弄——认为她永远不可能脱离苦海。她们无法看到她的潜能——很多时候她自己也无法看见。米兰达说："但我永远不会放弃，我永远不会认为我能做的就是这些，而结果表明我是对的。"

对乔·库隆贝而言，他在创办公司初期以及之后的30年间始终遵循一个指导原则：不要去做其他人已经做过的事。

如今，特立独行使得以他的名字命名的乔氏连锁食品杂货店拥有了一大批忠实的顾客，他们极力夸奖希腊酸奶、皮塔脆饼，以及一系列他们在别处无法买到的商品。连锁店在全美31个州都有门店，据说那些居住在城市边缘地带的粉丝还发起了大型的请愿运动，恳求公司能在他们附近开新的门店。

这一切都足以促使商店每平方英尺的销量比这个行业内的任何一家商店都多。乔氏连锁店的盈利非常稳定、丰厚，公司没有任何债务，有足够的流动资金来支持新店的开张，这点完全有别于它的那些竞争对手。

而这都源于恪守公司创办时要与众不同的承诺。当超市行业从20世纪50年代的中小型商店转型为如今的超级市场时，乔氏连锁店的大小却只有超级市场的1/5。而它也拒绝扩建。

当库隆贝起初草拟乔氏连锁店的概念时，从事该行业的朋友告诉他需要更大的门店和更多的商品来获取盈利。他们说人们喜欢能买到任何商品的商店。他们警告库隆贝，如果他想靠一家仅仅只有两条超市过道大小的商店来和同行竞争，他的商店一定会很快被人遗忘。

然而库隆贝却相信他能够凭借自己的商店立足，并使它成为行业内的佼佼者。他会将这两条过道变得令人难以忘怀。

商店起初的规模是一笔意外的遗产。在乔氏连锁店之前，库隆贝在南加利福尼亚州经营了一些便利商店，这些商店在巨大的竞争压力之下濒临倒闭。

对于库隆贝而言，失去这些商店就好像一名洛杉矶道奇队队员被一个小联盟投手三振出局一样。他拥有斯坦福大学工商管理硕士学位。他之前作为雇员学习了一切关于便利商店的知识。当他帮助雇主的公司创办了新的便利商店后，他认为之前的那些商店的前景会很好，所以他就将这些商店买了下来。他理应大获成功，然而如今拿着所有的证书，他却在自己最擅长、最简单的生意上失败了。

他该做什么才能将人群吸引到自己的商店里来？他看不到有任何的出路能帮助他用更低的成本支出来击败更大的连锁商店。他不禁问自己，如果他继续用低廉的价格保有这些商店，但是将口香糖、薯片等可以在任何地方买到的商品全部替换成人们在别处无法买到的好商品，会发生什么情况呢？

于是他的商店里都是别人不曾见到过的有趣的食品。当人们在他的商店里找到了自己喜欢的红酒、调味酱、饼干以及奶酪后，他希望他们会不断回来再次购买这些商品。因为顾客们进出他的商店非常快速和便捷，所以他们并不介意乔的商店里无法提供他们购物清单上一半的食物。

多年来，咨询顾问不厌其烦地提醒他解决这个问题。他们认为库隆贝的行为会限制他的盈利额，使他错失壮大生意的良机，因为乔氏连锁店里缺少太多的超市必备品。他们告诉他如果超市的供货是十多种鹰嘴豆泥和零种啤酒，那么这将限制他的公司未来的发展。但是乔却从他的那些便利商店经营的经验中意识到，如果他提供别人都有的商品，那么顾客为什么要来选择他这家小商店呢？他说："我采取的策略就是不进任何不能让我们商店显得独特的商品。"如果商品不能将他的商店与其他的店区分开来，那就失去了意义。在整个过程中，乔与那些忠实的顾客建立了深深的联系。

乔也和他商店里的员工建立了独特的关系。他并没有遵从行业的标准支付给员工几乎是最少的工资，并给他们分派固定的职责。恰恰相反，他给予员工的薪水达到行业中等水平，让商店的每一位员工都以顾客的需求为第一要务，因此每当收银台排长队时，每一名雇员都可以帮忙来扫描和包装商品。一名工商管理硕士无须费心地去检验这项投资的回报。雇员们因为能拿到不错的薪水，而且能参与到商店的运营之中，所以对公司很忠诚，乔的商店里的人员流动率也是行业里最低的。因为雇员们对整个商店和店内商品都了如指掌，所以顾客们能得到更好的服务，商店员工能基于顾客的个人情况推荐合适的商品。

同时，走进乔氏连锁店就好像经历一次小小的冒险。尽管商品的数量有限，但是商店里会不断推陈出新，引进许多新奇的产品。顾客永远不会知道当他们走进商店后是否会发掘到自己新的最爱的商品。而乔氏连锁店的供应商也会确保当他们提供新的商品时，这件商品与顾客在其他地方看到的潮流商品都不一样，而新的潮流就等着他们来开创。

乔表示："从这个角度而言，我们不是一家传统的杂货店。我们更像是时尚行业而不是超市行业。我们如此与众不同的原因就在于当每个人对我说我的想法是错误的时候，我知道必须坚持自己的选择。"

回顾与思考

克林特·伊斯特伍德指导他的演员获得了奥斯卡奖，因为他没有让演员们时刻因他的想法而战战兢兢。莫里斯·利姆·米勒改变了穷人的人生，因为他坚信人们可以自己找到最佳的答案。乔氏连锁店是行业里的领袖，米兰达实现了自己的梦想，因为他们都不曾人云亦云、随波逐流。

你周围的人可以清晰地发现你的问题，如果给予机会，他们会用你的方式来看待问题。更严重的是，如果不够小心，我们会任由他人来代替我们思考。我们独处时帮助他人的概率是在群体中时的十倍，因为独处时我们能自己思考问题，并更清楚地看到解决之道。

你的城市里充斥着禁止标志而不是简单的通行标志是有原因的。通行太自然不过，它是自动自发，是我们内心的声音，而禁止往往是他人对我们的训诫。

两种方法：首选你的回答

无视批评家。记下你听到的批评，并无视它。不要担心，也不要回应，想也不要想它。计算机行业里的巨头甲骨文有限公司的首席执行官拉里·埃里森警示大众说，当你有一个伟大的创新想法时，"你心里要有所准备，所有人都会对你说你疯了"。埃里森表示在他的印象中没有哪个他在公司做出的决定未遭遇过批评家们的极力反对。埃里森说："有时候人们仅仅是毫无理由地攻击批评你。"他接着说："我会将它抛在脑后，无视那些质疑者，因为你不会仅仅是因为有人提出反对，就改变自己认为正确的行为。"

保持专注。多伦多一所大学里半数的学生学习了关于保持专注力的几大原则，比如判断的时候慢一些、时刻准备探索新的想法等。而另一半学生则没有。随后每位学生都将参加一个分散注意力的测试，测试中令人感到不愉快的图像会间歇出现，从而来测试被测试者是否会从手头的工作上分散注意力。那些没有接受过专注力训练课程的学生，在让人注意力分散的照片上，多浪费了276%的时间。[②]今天花一些时间去欣赏开放的思维，让自己从全新的角度看待事物，变得更为专注。你将在不重要的事物上浪费更少的时间，同时也将更顺利、更清晰地获得正确的洞见。

小结 ◀

要知道，行动才能得真知。一个人的想法促成行动，一群人的想法则会导致犹豫和困惑。当你专注于解决某个问题时，身边肯定会有一些不同的声音，而且很多是打着关心的旗号来左右你的行事方式，甚至有不少是专门来批评你的。这时你一定要保持独立思考，关注自身的力量，不要受身边那些纷扰的想法影响，按自己的计划去做。想得再多，不如先行动起来。

你会怎么处理这些水？ | 终 章

　　东日本铁路公司的市场占有份额曾因为受到竞争对手推出的超高速列车的影响而大幅减少，而如今它依旧保持着行业领先地位，每年搭载超过60亿的乘客。公司拥有的铁道线路能使列车的最高时速达到199英里/小时，乘客从东京到达日本的另一尽头，所需时间只是公路运输的一小半。在许多地区，铁路公司与航空公司的市场份额占有比达到了99∶1。

　　日本的地形并没有为铁路的建造提供任何的便利。事实上，经典著作《日本百大名山》（*100 Famous Japanese Mountains*）的作者在著书过程中不得不舍弃了其余1000多座高山。

　　对于东日本铁路公司而言，日本的各城市之间最快的路线是直线穿过，而不是环绕所有的山川。这意味着铁路公司必须善于建造隧道，并且保障建造得又迅捷又经济。

他们在工作例会中就此进行了讨论，当时他们需要在东京以北120英里处的谷川岳开凿隧道。

然而谷川岳是一个巨大的挑战。单单是它的昵称——死亡之山——就足以使他们畏缩不前。虽然它不是世界上最高的山，但是据报道，谷川岳的极端天气以及陡峭的山峰比世界上任何一座山都吞噬了更多攀岩者的生命。

东日本铁路公司当然不打算翻山越岭，他们想要从中直接穿过。但是在谷川岳，他们修建的隧道里有许多积水，他们不得不暂时停工。

这是个问题。

现场的工程师寻求后方支援。我们该怎么办？

公司里拿着最高薪酬的精英们研究了这一情况，但是当你满脑子都是这个问题时，你无法想到最佳的答案——你的思绪胶着在最糟糕、最明显的那个障碍物上。隧道里面的水是问题，所以他们要想办法解决它。

他们无法在隧道里建造防水层。即使他们试图那样做，水仍将继续渗入。他们真的没有别的选择，所以开始拟定计划，建造昂贵的排水系统将水从隧道内抽出。

计划就是如此。公司里没有一个工程师或经理能想出更好的办法。

这就是典型的以问题为中心的思维方式。你用问题的角度来思索，你使用问题中许可的工具，你采取问题建议的方法，你在问题所设的区域内停滞不前。无论你用了多长时间来审视问题，无论你邀请了多少专家，它仍旧是那个相同的问题，没有别的方案，而且一定会给公司带来巨额损失。

要是你不从问题入手会怎么样呢？

要是你根本不将水看成一个问题，又会怎么样呢？

现在，你会怎么处理这些水？

有一名负责维修铁路隧道挖掘设备的技工毫不担心该如何处理这些水。这不是他的工作或问题。事实上，他从完全不同的角度来看待这些水。有一天他口渴了，于是就弯下腰喝了一大口水。这是他尝过的最甘醇、最好喝的水。于是他又喝了一口，并招呼他的同伴们都来喝。这种水太棒了，应该将它做成瓶装水。

技工将这个想法告诉了组长，组长告诉了他的上司，而上司又告诉了工程师，直到消息上达到公司的高层。于是就有了大清水的诞生，它是东日本铁路公司的衍生品。

原来，隧道里的水经历了数十年的旅程才从谷川岳的雪山顶来到山下地层。由于水向上渗透，使它富含许多有利于健康的矿物质并且自然清醇。

铁路公司一开始只是通过站台里的自动售货机来售卖这些纯净水。但它的大受欢迎使得公司立即扩大生产将其销往全国。广告主打"谷川岳雪山下的水"的口感与纯净——而顾客们的回应就是让铁路公司这项衍生品每年获得了近7500万美元的利润。

为什么每一名工程师都与这一发现擦肩而过？因为经过多年的学习训练后，他们注定与发现擦肩而过。他们埋头于将水看成一个问题，而忽略了水在其他情况下能成为一种财富。那些工程师可能会花很多年——也有可能是余生——研究谷川岳隧道积水的问题，却始终无法想到利用水本身找到最佳的解决方法。

我们倾向于否定自己的想法，认为只有通过精心挑选的一小群人才能得出非凡的想法，但你其实可以解决一切事情，只要你不将它看成一个问题——只要你不让问题来限制你的选择。

和那些工程师一样，我们总是被教育要努力工作，以解决眼前的问题。这都是常识——然而也容易让人走入误区。我们必须意识到问题优先的想法，就像行动之前给自己戴上了镣铐，它会使前进过程中的每一步都变得更加艰辛——最终会限制我们的表现，即使我们面对的是最微不足道的问题。

没有一名工程师想要浪费公司的资金——这是他们最不希望发生的事情。他们被召集来解决问题，他们在学校里受到的教育就是去解决问题，所以他们卷起袖管，他们也在问题为他们设定的限制内做到了最好。

不要从问题的角度来看待事物——你将不仅能解决它——你将在行动时感觉更轻松舒适——你也将不再畏惧生活中出现的问题。东日本铁路公司里再也没有人抱怨谷川岳隧道里的积水了。他们一边饮用着这些水，一边在计算着它们带来的利润。

试着抛开这些限制。试着将你最大的问题看作一笔财富，只要用心，人生总会有办法。

参 考 文 献

第一章

①　D. Jansson and S. Smith, "Design fixation, " *Design Studies*, 1991, 12: 3-11.

②　Ibid.

③　D. Zabelina and Michael Robinson, "Child's Play: Facilitating the Originality of Creative Output by a Priming Manipulation, " *Psychology of Aesthetics*, *Creativity and the Arts*, 2010, 4: 57-65.

第二章

①　J. Czapinski, " Negativity bias in psychology, " *Polish Psychological Bulletin*, 1985, 16: 27-44.

②　P. Brinkman, D. Coates and R. Janoff-Bulman, "Lottery Winners and Accident Victims: Is Happiness Relative?" *Journal of Personality and Social Psychology*, 1978, 36: 917-927.

③　Gottman, John and Lowell Krokoff, "Marital Interaction and Satisfaction: A Longitudinal View, " *Journal of Consulting and Clinical Psychology*, 1989, 57: 47-52.

④　B. W. McCarthy, "Marital style and its effects on sexual desire and functioning," *Journal of Family Psychotherapy*, 1999, 10: 1-12.

第三章

①　Stanley Milgram, "Behavioral Study of Obedience," *Journal of Abnormal and Social Psychology*, 1963, 67: 371-378

②　J. Burger, "Replicating Milgram: Would People Still Obey Today," *American Psychologist*, 2009, 64: 1-11.

③　M. Landau et al., "Windows into nothingness: Terror management, meaninglessness and negative reactions to modern art," *Journal of Personality and Social Psychology*, 2006, 90: 879-892.

第四章

①　Edward Deci, "Intrinsic motivation, extrinsic reinforcement and inequity," *Journal of Personality and Social Psychology*, 1972, 22: 113-120.

②　E. L. Deci, "Effects of externally mediated rewards on intrinsic motivation," *Journal of Personality and Social Psychology*, 1971, 18: 105-115.

③　C. Slotterback, H. Leeman and M. Oakes, "No pain, no gain: Perceptions of calorie expenditures of exercise and daily activities," *Current Psychology*, 2006, 25: 28-41.

第五章

①　Solomon Asch, "Studies of Independence and Conformity," *Psychological Monographs*, 1956, 70: 1-70.

②　M. Bazerman, A. Tenbrunsel and K. Wade-Benzoni, "Negotiating with Yourself and Losing: Making Decisions with Competing Internal Preferences," *The Academy of Management Review*, 1998, 23: 225-241.

③　M. Ruef, "Strong Ties, Weak Ties and Islands: Structural and Cultural Predictors of Organizational Innovation," *Industrial and Corporate Change*, 2002, 11: 427-449.

第六章

① R. Knox and J. Inkster, "Postdecision dissonance at post time, " *Journal of Personality and Social Psychology*, 1968, 8: 319-323.

② D. Dunning, D. Griffin, J. Milojkovic and L. Ross, "The overconfidence effect in social prediction, " *Journal of Personality and Social Psychology*, 1990, 58: 568-581.

③ M. Slepian and N. Ambady, "Fluid Movement and Creativity, " *Journal of Experimental Psychology*: *General*, 2012, 141: 625-629.

第七章

① Thomas Ward, "Structured Imagination: The Role of Category Structure in Exemplar Generation, " *Cognitive Psychology*, 1994, 27: 1-40.

② S. Ritter et al., "Diversifying Experiences Enhance Cognitive Flexibility, " *Journal of Experimental Social Psychology*, 2012, 48: 961-964.

第八章

① Walter Mischel, Yuichi Shoda and Monica Rodriquez, "Delay of Gratification in Children, " *Science*, 1989, 244: 933-938.

② Walter Mischel and Nancy Baker, "Cognitive Appraisals and Transformations in Delay Behavior, " *Journal of Personality and Social Psychology*, 1975, 31: 254-261.

③ O. Ayduk et al., "Regulating the interpersonal self: Strategic self-regulation for coping with rejection sensitivity, " *Journal of Personality and Social Psychology*, 2000, 79: 776-792.

④ A. Leung et al., "Embodied Metaphors and Creative 'Acts, '" *Psychological Science*, 2012, 23: 502-509.

第九章

① Albert Rothenberg, " Word Association and Creativity, " *Psychological Reports*, 1973, 33: 3-12.

② Albert Rothenberg, "Opposite Responding as a Measure of Creativity, "

Psychological Reports, 1973, 33: 15-18.

③ D. Romer, "Do Firms Maximize Value? Evidence from Professional Football, " *Journal of Political Economy*, 114: 340-365.

第十章

① Bibb Latané and Judith Rodin, "A Lady in Distress: Inhibiting Effects of Friends and Strangers on Bystander Intervention, " *Journal of Experimental Social Psychology*, 1969, 5: 189-202.

② C. Ortner, S. Kilner and P. Zelazo, "Mindfulness Mediation and Reduced Emotional Interference on a Cognitive Task, " *Motivation and Emotion*, 2007, 31: 271-283.

致　谢

如果我告诉你，写这本书仅仅是应对一个接一个的大问题，也许会令你失望。令人高兴的是，事实并非如此。实际上，写作是个让人愉悦的过程。这都要归功于圣马丁出版社（St. Martin's Press）里那些可爱的人，他们感受到了这本书带来的能量，并帮我分享给你们。尼科勒·阿盖尔斯拥有作者们最看重的编辑应具备的三种品质：热情、洞察力和耐心。我要感谢圣马丁出版社整个团队付出的努力，有劳拉·蔡森、卡林·希克森、劳拉·克拉克和艾利森·弗拉斯卡托雷等。在这本书甚至还没开始动笔时，我的代理人桑迪·肖龙就已激动万分，谢谢桑迪的热心和支持。梅琳达·丘奇的观点、关注和反馈让我明白我对这个议题的探究是多么必要。而迈克尔·鲍恩、本·莱兰、约尔丹·金泰尔则富有耐心并饶有兴致地听我讲述写作过程中的故事。

图书在版编目（CIP）数据

人生总会有办法 /（美）尼文（Niven,D.）著；陈蕾，佘卓桓译. —长沙：湖南文艺出
版社，2015.10
书名原文: It's Not About the Shark
ISBN 978-7-5404-6700-5

Ⅰ. ①人…　Ⅱ. ①尼…　②陈…　③佘…　Ⅲ. ①成功心理–通俗读物　Ⅳ. ①B848.4–49

中国版本图书馆CIP数据核字（2015）第210602号

著作权合同登记号：图字18-2015-097

上架建议：成功励志

IT'S NOT ABOUT THE SHARK
Text Copyright © 2014 by David Niven，Ph.D
Published by arrangement with St. Martin's Press，LLC. All rights reserved.

人生总会有办法

作　　者：﹝美﹞戴维·尼文（David Niven）
译　　者：陈　蕾　佘卓桓
出 版 人：刘清华
责任编辑：薛　健　刘诗哲
监　　制：蔡明菲　潘　良
特约策划：李　荡
特约编辑：苗方琴
营销编辑：李　群
版权支持：文赛峰　张　婧
装帧设计：利　锐
出版发行：湖南文艺出版社
　　　　　（长沙市雨花区东二环一段508号　邮编：410014）
网　　址：www.hnwy.net
印　　刷：北京鹏润伟业印刷有限公司
经　　销：新华书店
开　　本：700mm×1000mm　1/16
字　　数：179千字
印　　张：14
版　　次：2015年10月第1版
印　　次：2016年1月第2次印刷
书　　号：ISBN 978-7-5404-6700-5
定　　价：38.00元

质量监督电话：010-59096394
团购电话：010-59320018